Danielle

DATE DUE

Éditions du Phœnix

© 2011 Éditions du Phœnix

Dépôt légal, 2011
Imprimé au Canada

Illustrations Jessie Chrétien
Graphisme de la couverture : Guadalupe Trejo
Graphisme de l'intérieur : Hélène Meunier
Révision linguistique : Hélène Bard

Éditions du Phœnix

206, rue Laurier
L'Île-Bizard (Montréal)
(Québec) Canada H9C 2W9
Tél.: 514 696-7381   Téléc.: 514 696-7685
www.editionsduphœnix.com

Boulianne, Danielle
    Suspense à l'aréna
    (Collection Œil-de-chat ; 30)
    Pour les jeunes de 9 ans et plus.
    ISBN 978-2-923425-37-5
    978-2-923425-52-8
    I. Chrétien, Jessie. II. Titre. III. Collection:
Collection Oeil-de-chat ; 30.
PS8553.O845S97 2011   jC843'.6   C2011-941393-0
PS9553.O845S97 2011

Conseil des Arts   Canada Council
du Canada   for the Arts

Nous remercions la SODEC et le Conseil des Arts du Canada
de l'aide accordée à notre programme de publication. Nous
reconnaissons l'aide financière du gouvernement du Canada
par l'entremise du Fonds du livre du Canada pour nos activités d'édition.

Danielle Boulianne

Suspense à l'aréna

Tome 2
de Bienvenue à Rocketville

Éditions du Phœnix

Aux Canadiens de CJL, Atome CC,
édition 2010-2011,
merci pour l'inspiration.

PROLOGUE

L'année écoulée a été ponctuée, pour Zack Laflamme, d'une série ininterrompue de surprises. Un an a passé depuis qu'il a reçu son vieil équipement de hockey, transmis de père en fils. Il y a un an, déjà, qu'ils ont découvert, lui et Nathan, qu'ils étaient parents. Ça fait un an, surtout, que Nathan a appris que son père travaillait comme agent double au sein des forces spéciales de la police. Un enquêteur pas ordinaire nommé Éric. Celui-ci, las des longues absences que lui imposait son statut d'agent secret, occupe maintenant le poste de chef de police de Rocketville.

Depuis ce temps, Zack et Nathan sont devenus les deux meilleurs amis du monde... Avec Wiliam et Laurier, ils forment le quatuor des « quatre meilleurs amis du monde ». De plus, ils ont été nommés champions de leur division à la fin de la dernière saison. Cet exploit a bien clôturé ces séries exceptionnelles et termine en beauté leur dernière saison atome.

Douze mois plus tard, après une année chargée d'émotions, les quatre garçons ont accédé au niveau pee-wee BB. L'alignement des Requins a un peu été modifié à la suite de la période d'entraînement, mais le groupe est resté essentiellement le même. Zack, dix ans, est toujours joueur de centre et capitaine. Il est entouré de Will et de Laurier, deux attaquants, et de Nathan, qui est défenseur. L'équipe a changé de gardien de but, et le petit nouveau, très talentueux d'ailleurs, s'appelle Joey. Il vient de déménager dans le village. Cet été, tout le monde a fait connaissance avec ce nouvel arrivant, originaire du Saguenay. Les garçons sont rapidement devenus de bons camarades.

Nous sommes déjà en décembre et le premier tournoi se tiendra cette fin de semaine. Cette année, les Requins de Rocketville sont les hôtes de l'événement. Tous les matchs ont eu lieu sur les patinoires de l'aréna local au cours des deux dernières journées. C'est une petite compétition, et seulement quelques équipes y prennent part, dont les Tigres de Sablon. Zack et sa bande espèrent se mesurer à cette équipe en finale. Pour ça, évidemment, les Requins doivent battre les Lions et les Tigres, et Rocketville doit remporter la partie contre les Panthères.

Depuis le début de la saison, les Tigres talonnent les Requins. Jusque-là, ces deux équipes se sont affrontées trois fois et celle de Zack mène deux contre un. Les Requins sont premiers au classement général, alors que leurs rivaux sont au second rang. Les Tigres de Sablon veulent donc prendre leur revanche, mais les Requins de Rocketville n'ont pas du tout l'intention de leur concéder la victoire.

L'équipe locale attire une foule d'amateurs de hockey, mais les partisans de Sablon, une petite municipalité située à une heure de route de Rocketville, se sont aussi déplacés afin d'assister aux premières parties du tournoi. L'aréna sera bondé si les deux équipes s'affrontent.

Chapitre 1

L'avant-match
de demi-finale

Le samedi après-midi, un peu avant le match de demi-finale qui oppose les Requins de Rocketville aux Lions de Saint-Clotaire, tout le monde est survolté. Zack et sa bande ont bon espoir de remporter la victoire, mais ne veulent surtout pas vendre la peau de l'ours avant de l'avoir tué ! Certains attaquants de l'équipe adverse sont talentueux et la victoire est loin d'être dans la poche.

Depuis le début de la compétition, les joueurs de Rocketville ont décidé de mettre en œuvre une stratégie particulière afin de déconcentrer leur adversaire. Lors de chaque partie qu'ils disputeront, ils arboreront tous une moustache de jus de raisin. En plus de distraire leurs opposants, ils montreront leur appartenance à leur équipe. Dans la LNH, certains joueurs portent la barbe des séries ; les Requins de Rocketville afficheront la moustache du tournoi !

Les joueurs sont tous convoqués dans le vestiaire pour treize heures. Le match commence à quatorze heures, ce qui leur donne une heure pour parler stratégie et se préparer. Les parents, pendant ce temps, mangent et discutent dans les estrades. Dans l'aréna, la foule est aussi tendue que le sont les joueurs dans le vestiaire.

Mario, l'entraîneur de l'équipe, parle à ses joueurs :

— Jusque-là, tout va comme sur des roulettes. Vous jouez bien et je vous encourage à continuer. Pas question de vous asseoir sur vos lauriers.

Tous les garçons éclatent de rire en regardant leur copain Laurier.

— Hé, Laurier, je peux m'asseoir sur toi ? demande un coéquipier.

— Moi aussi ! Tu as l'air confortable, reprend Will.

— Très drôle, les gars ! Très drôle...

— Nous rirons après le match, si vous voulez bien, enchaîne Mario. Pour l'instant, c'est la partie qui compte. Si nous la gagnons, nous affrontons les Lions demain, en finale. Ce serait génial, vous ne trouvez pas ?

Tous les joueurs acquiescent aux propos de leur entraîneur et se taisent pour écouter ses consignes.

— Joey, ne quitte pas la rondelle des yeux une seule minute. Je veux voir de superbes arrêts, comme toi seul es capable d'en faire. Plus tu bloques la rondelle, plus ça devient facile. Tu comprends ?

— Pas de problème, chef ! Je ferai de mon mieux. Je peux même parler à mes poteaux, si tu veux, répond Joey en riant.

Toute l'équipe scande en chœur :

— Les poteaux ! Les poteaux ! Les poteaux !

— Les gars ! reprend alors Mario, souriant lui aussi. Un peu de sérieux ! Donc, Joey arrête tous les lancers qu'il peut. Les trios restent les mêmes. Les garçons, je compte sur vous. Zack, Will, Laurier, c'est vous trois qui allez commencer le match. Vous devez montrer aux Lions, dès le départ, qu'il s'agit de votre aréna, de votre glace et de votre tournoi. La victoire, vous la voulez ! Compris ?

— Compris ! répondent en même temps les trois copains.

— Notre glace, notre victoire ! lance Zack.

Les joueurs répètent en chœur :

— Notre glace, notre victoire ! Notre glace, notre victoire !

— C'est exactement ça ! poursuit Mario. En défense, vous savez ce que vous avez à faire : vous protégez Joey le plus possible. Je ne veux pas de Lions dans notre zone... ou presque. O.K. ?

— Aucun problème, coach, les Requins vont patrouiller leurs positions, répond Nathan.

Toute l'équipe reprend à l'unisson :

— Les Requins vont patrouiller ! Les Requins vont patrouiller !

— Faites comme d'habitude, ajoute finalement Mario : jouez de votre mieux et tout va bien aller. Que l'on gagne ou que l'on perde, je suis fier de vous et vos parents, dans les estrades, le sont aussi. Puis, en passant, vous êtes tous très rigolos avec vos moustaches de jus. Faites attention, je pourrais m'y habituer et vous demander d'en avoir une lors de chaque match !

— Impossible, chef ! poursuit Zack. Nous portons nos couleurs de guerriers seulement lors des tournois.

La bande reprend avec force :

— La moustache de la victoire !

— Allez, détendez-vous un peu, mais restez concentrés, ajoute leur entraîneur pour conclure. Avoir du plaisir n'a jamais fait de tort à personne. Puis, surtout, amusez-vous sur la glace. Jouez pour le plaisir ! Bien... vous pouvez jouer pour gagner, mais jouez surtout pour le plaisir !

Toute l'équipe scande à l'unisson :

— Le plaisir ! Le plaisir !

Et tout le monde éclate de rire. On continue de se préparer pour la partie.

Mine de rien, le temps passe et la période d'échauffement approche.

Chapitre 2

Dans la foule

Dans les estrades, les parents attendent les joueurs. Les enfants arriveront sur la glace d'ici quelques minutes pour la traditionnelle période d'échauffement. La partie n'est pas encore commencée, que déjà, la foule est assise sur le bout de son siège. Et il s'agit seulement du match de demi-finale !

Marc et Hélène, les parents de Zack, ainsi que Zoé, sa petite sœur, assistent à la joute, tout comme Éric et Sandra, les parents de Nathan. Bien sûr, grand-papa Jean-Roch est là aussi, puisqu'il ne manquerait pas une partie de ses petits-fils pour tout l'or du monde. Encore moins depuis ses récentes retrouvailles avec son fils Éric, qui lui ont permis de faire la connaissance de Nathan. Les familles des autres joueurs, de même que plusieurs partisans des Requins, prennent part à l'événement.

Face à eux, derrière le banc de l'équipe adverse, les admirateurs des Lions sont au rendez-vous. Moins nombreux, ils manifestent tout de même bruyamment leur présence.

***

Tout près du corridor menant du vestiaire à la patinoire se tient un personnage plutôt curieux, qui a l'air un peu bizarre : il s'agit de l'entraîneur des Tigres de Sablon. Il regarde sans cesse en direction des vestiaires, puis en direction des estrades, du côté de l'équipe locale, comme s'il cherchait quelqu'un. De son siège, Éric le remarque. Son œil d'ex-agent double est habitué de repérer les types à l'allure louche : taille moyenne, nerveux, bedonnant, portant un manteau. Il le détaille un instant, puis se concentre de nouveau sur sa conversation avec son frère Marc.

Au même moment, les arbitres du match se présentent sur la glace. Tout de suite après, on ouvre les portes et les joueurs font leur entrée. La foule se lève et applaudit bien fort ses héros. Les trois minutes d'échauffement passent comme l'éclair, puis les joueurs s'installent sur le banc. La demi-finale va commencer. Zoé encourage déjà les Requins de sa voix perçante.

— Go, Zack! Go, Go, Requins, Go!

Tous les parents reprennent à haute voix :

— Go, Requins Go! Go, Requins, Go!

L'individu à l'air étrange s'est déplacé, et s'est trouvé un siège à l'écart, du côté des partisans des Lions. Il a sorti un calepin de son manteau; il semble avoir l'intention de prendre des notes. Éric le cherche du regard et le repère de l'autre côté de l'aréna. Il ne saurait dire pourquoi, mais la physionomie de l'homme lui rappelle quelqu'un. Puis, la sirène se fait entendre. C'est la première mise au jeu. Éric chasse l'homme à l'allure suspecte de ses pensées et se concentre sur le jeu.

Chapitre 3

Sur la glace

Les joueurs retournent au banc, juste avant le début de la partie. Joey reste sur la glace et se déplace quelques instants autour de son but. Il se dirige vers ses poteaux et donne à chacun d'eux un petit coup de bâton. *On ne sait jamais !* se dit-il. *Ça, et la moustache de jus, ça ne peut pas nuire.* Mario, quant à lui, donne des consignes à ses joueurs.

— Respectons notre plan de match et allons-y ! Les défenseurs, surveillez les numéros 8 et 27 des Lions. Ces deux-là sont rapides. Ils ne doivent pas s'approcher trop près de Joey. Compris ? Restez autour du filet comme toujours, et tentez par tous les moyens d'envoyer la rondelle dans le but de l'adversaire, elle devrait rentrer. Zack, tu donnes une tape dans le dos de Joey de ma part, s'il vous plaît ?

— Pas de problème, chef !

— Les gars, c'est maintenant que ça se passe! Nous avons tous le goût de jouer demain!

— Oui, hurlent les joueurs à pleins poumons.

— Allons-y! À l'attaque! Notre glace, notre victoire!

Chacun prend sa place sur la patinoire. Zack s'attarde auprès de Joey quelques instants, lui donne une tape dans le dos de la part de Mario et un coup de poing sur la tête, gracieuseté du capitaine!

— Prêt?

— Oui, capitaine! Rien ne va rentrer.

Les deux coéquipiers sourient et Zack se dirige vers sa position. Il ne voudrait pas être puni pour avoir retardé le jeu, avant même que le match commence.

Première période

La partie se déroule bien. Les Requins, encouragés par la foule en délire, prennent rapidement les devants, puisque Laurier a compté un but, à la suite d'une passe de William. Le gardien de but des Lions n'a pas eu le temps de voir venir la rondelle, car les attaquants de Rocketville s'affairent autour du filet.

L'équipe adverse contre-attaque. Comme Mario l'avait prévu, le numéro 27 des Lions, en échappée, se dirige seul vers Joey. Le gardien est prêt; il sort de son filet et attend de pied ferme son assaillant. Le 27 décoche un tir du poignet vers le haut du filet, mais Joey réussit un arrêt spectaculaire de la mitaine, et la première période se termine un à zéro. Dans la foule, les parents respirent mieux et Ève, la mère de Joey, n'a déjà presque plus d'ongles à ronger tellement elle est stressée.

Deuxième période

La deuxième période commence un peu moins bien pour les Requins, qui sont victimes d'un beau jeu de passes de la part des Lions. Le numéro 8 déjoue la vigilance de Joey et réussit à compter un but. Le gardien ne perd pas son assurance pour autant. Les Requins ne blanchiront pas leurs adversaires aujourd'hui, mais la victoire est toujours possible; il n'est pas question de perdre.

Plusieurs minutes s'écoulent sans qu'aucun but ne soit compté. Puis, Zack accepte une passe de Will et pénètre en zone adverse. Il file comme l'éclair, déjoue les deux défenseurs de l'équipe opposée et réussit à marquer un point à partir du cercle de mise au jeu. Le pointage est maintenant deux à un pour les Requins. La deuxième période se termine peu après ce but.

Les joueurs quittent la patinoire et retournent dans leur vestiaire respectif. Ils ont quelques minutes devant eux, car la resurfaceuse répare toujours la glace entre la deuxième et la troisième période d'un tournoi. Chez les Requins règne une atmosphère de joie. Mario s'adresse à ses joueurs.

— Les gars, tout se déroule très bien! Nous menons deux à un, mais nous serions plus à l'aise avec une avance de deux buts. Vous êtes d'accord? J'ai remarqué que le gardien des Lions éprouve des difficultés avec sa mitaine. Il faut viser là! Vous êtes tous capables de lever votre rondelle; alors, faites-le! Oubliez les tirs entre les jambières, laissons ça aux novices. Toute l'équipe scande en chœur :

— Pas de tirs entre les jambières !

— Exact, pas de tirs entre les jambières. Joey, mon homme, continue comme ça. Ferme-leur la porte.

— Même s'ils envoient la rondelle, chef, je ne la laisse pas passer, je le jure ! répond Joey d'un air sérieux, en levant la main comme s'il prêtait serment.

Toute l'équipe rit aux éclats et se détend un peu par la même occasion. Mario leur permet de rigoler quelques instants.

— Bon, le moment est venu de retourner au jeu ! Jouez pour gagner, mais jouez pour le plaisir, les gars ! Un seul but de plus pour avoir un bon coussin. Joey s'occupe du reste. Ça vous va ?

— Oui, coach, répondent unanimement tous les joueurs !

— Notre glace, notre victoire ! poursuit Zack.

Et l'équipe de répéter à l'unisson :

— Notre glace, notre victoire ! Notre glace, notre victoire !

Dans le corridor qui mène à la patinoire, Mario contemple son équipe et s'estime chanceux d'entraîner des petits garçons qui ont autant de cœur.

Troisième période

Joey, déjà concentré, se dirige vers son but, bien décidé à empêcher la rondelle de passer. Il frappe de nouveau sur ses poteaux. Nathan observe son coéquipier à la défense et lui fait un signe de la tête. Ils ne laisseront personne franchir la ligne bleue. C'est leur zone et ils la protègent bien. À l'avant, Zack fait un petit signe à ses deux amis, Will et Laurier, ses deux ailiers. Le moment crucial est arrivé.

L'arbitre s'avance au centre du cercle de mise au jeu et laisse tomber la rondelle. Zack s'empare du disque. Il le passe tout de suite à William, qui se trouve à sa droite, lequel s'élance en direction du filet adverse. Les Lions n'y voient que du feu. Will passe la rondelle à Laurier sur sa gauche, qui la remet immédiatement à Zack, qui file déjà à toute allure en direction du but. Zack, après une belle feinte, pratiquée tant de fois avec son équipement personnel un peu spécial, décoche un tir haut, du côté de la mitaine du gardien adverse, exactement comme son entraîneur lui a suggéré de le faire. Le gardien est incapable de stopper le lancer. C'est maintenant trois contre un.

Dans la foule, Hélène et Marc hurlent à pleins poumons, plus encore que le reste des partisans des Requins. Zoé, qui aimerait voir un peu mieux, sautille sur place sans vraiment y parvenir. Elle se déplace dans les gradins et souffle le plus fort possible dans la flûte qu'on lui a prêtée pour le match. Chez les partisans des Lions, les visages s'allongent. L'entraîneur des Tigres, lui, marmonne des paroles pour lui-même...

Zack, heureux, le sourire aux lèvres, retourne au banc avec le sentiment du devoir accompli. La troisième période est à peine entamée. Tout est possible !

Au cours des dernières minutes de jeu, les Requins optent pour un style défensif, afin de conserver leur avance. Les attaques des joueurs de Rocketville sont couronnées de succès : les coéquipiers du deuxième trio réussissent à marquer. Joey, lui, continue de repousser les rondelles dirigées contre lui.

La sirène de fin de match retentit et les Requins sortent vainqueurs, avec un score final de quatre à un sur les Lions de St-Clotaire. La victoire est acquise. Demain, c'est la finale.

Les joueurs des deux équipes forment une ligne au centre de la glace et se félicitent mutuellement. Les arbitres décernent le titre de meilleur joueur du match de chaque équipe. Chez les Requins, Joey obtient les honneurs, sous les applaudissements des spectateurs.

Les Lions quittent la patinoire, alors que les joueurs de l'équipe adverse festoient un moment, avant de retourner au vestiaire.

Chapitre 4

L'entraîneur des Tigres

Dans les estrades, les partisans des Requins sont fous de joie parce que leur équipe a gagné. Du côté des Lions, les spectateurs quittent l'aréna rapidement; chacun ira attendre les joueurs près de la porte, l'air un peu penaud.

Seul un homme reste assis sur son siège sans bouger : Carl, l'entraîneur des Tigres de Sablon. Il veut remporter la finale des éliminatoires à tout prix et par tous les moyens. Depuis le début de la saison, il tente de comprendre pourquoi le capitaine des Requins est aussi talentueux. Il a souvent vu de bons joueurs, mais comme lui, rarement. Comme si cet affront n'était pas suffisant, ce petit garçon, c'est Zack Laflamme, le fils de Marc Laflamme et le neveu d'Éric Laflamme, le nouveau chef de police.

Perdu dans ses pensées quelques instants, il se remémore son enfance. Il est jeune, dix ou douze ans à peine. Il vit à Rocketville avec sa famille. Son plus grand désir a toujours été de jouer au hockey, mais en raison d'un problème de tendons aux chevilles, ses parents refusent de le laisser jouer. Malgré tout, il croit qu'il performerait bien si ses parents lui donnaient sa chance. Mais sa mère et son père refusent catégoriquement : il ne jouera pas au hockey, du moins, pas dans une vraie ligue.

Carl se rabat donc sur les matchs de ses idoles qu'il écoute à la télé, mais observe particulièrement les entraîneurs. Pendant plusieurs années, il se concentre sur leur attitude et leur comportement lors des matchs et conférences de presse. Il continue de jouer au hockey sur le lac, près de chez lui, et déploie des efforts considérables pour s'améliorer. Il s'efforce surtout de perfectionner son coup de patin.

Un peu plus loin sur le lac, des garçons de son âge jouent également au hockey. Il les regarde souvent. Il meurt d'envie de les égaler. Cependant, il sait qu'il n'y arrivera pas. Malgré son jeune âge, à douze ans, sa force, c'est l'entraînement. Il en a soigneusement étudié les stratégies depuis plusieurs années.

Un jour, alors que les garçons patinent sur le lac, Carl prend son courage à deux mains et se dirige vers eux. Il a déjà rencontré les deux frères, Marc et Éric Laflamme, et leur bande d'amis.

Tout le monde se connaît à Rocketville ; mais lui, il se sent un peu seul. Ni très sportif ni très sociable, Carl passe peu de temps avec les autres enfants de son âge. Il les voit à l'école, mais sans plus. Par contre, assis à l'écart dans les estrades, il ne manque pas une partie de l'équipe locale pour laquelle jouent tous ces garçons. Il arrive à leur hauteur.

— Salut, les gars ! dit-il.

— Salut ! répondent mollement quelques-uns.

— Je peux jouer avec vous ? demande Carl.

Le garçon est chaussé de ses patins et muni de son bâton.

— Pas vraiment ! répond un autre.

— Pourquoi pas? Parce que mon coup de patin est moins bon que le vôtre?

Un joueur s'arrête alors tout près de lui. Il le reconnaît. C'est Marc Laflamme.

— Ce n'est pas ça. Écoute, nous pratiquons en équipe pour un gros match.

— Vous vous entraînez à l'aréna deux fois par semaine. Je le sais.

— Nous voulons nous pratiquer davantage. Nous nous concentrons sur notre jeu, c'est tout.

— Mais je connais plusieurs stratégies de hockey. Je pourrais sûrement vous aider.

— Je ne pense pas, reprend Marc. Nous avons déjà un coach, mais merci quand même.

Les garçons se mettent à rire et retournent à leur séance d'entraînement. Seul Marc reste près de Carl. Le garçon, en colère, les yeux pleins d'eau, ravale ses larmes. Il lui crie :

— Un jour, je serai instructeur dans la LNH et jamais je ne te repêcherai! Compris?

— Hé, Carl, va...

Mais il n'écoute plus. Il s'enfuit en courant. À travers ses sanglots, il perçoit les rires des jeunes blancs-becs et la voix de Marc qui lui crie quelque chose. *Sûrement une insulte*, pense le garçon. Il se retourne pour regarder tous les joueurs une dernière fois, espérant qu'ils essaieront de le retenir. Mais non. À sa grande déception, ils se sont tous éloignés, même Marc.

Son profond dépit pousse Carl vers un ultime objectif. Il se promet de devenir le meilleur entraîneur de la Terre. Tout le monde parlera de lui et tous ces bornés se mordront les doigts d'avoir refusé son offre. Rien ne le détournera de son but. Il deviendra un expert du hockey !

Plus tard, la même année, Carl déménage avec sa famille à Sablon. Il commence une nouvelle vie, content de laisser Rocketville derrière lui. Jamais il n'oubliera l'affront dont il a été victime dans sa ville natale. Un jour, il se vengera.

Ce jour est arrivé. Carl, seul dans les gradins du côté des Lions, observe les partisans des Requins qui festoient toujours.

Il jette un coup d'œil hargneux sur la foule en délire. Il repère un grand type brun qui se tient debout, une petite fille dans ses bras. Il s'agit de Marc Laflamme. Il est accompagné de son frère, Éric. Informé des plus récents exploits de ce dernier par la télévision, il le reconnaît facilement. Il regarde les deux frères un instant, puis se concentre de nouveau sur ses notes.

Il sait, pour l'avoir vu jouer en saison régulière et lors du tournoi, que son équipe ne pourra vaincre les Requins. Il attribue leur succès au jeune capitaine, le meilleur joueur et l'âme de l'équipe, Zack Laflamme. Carl a beau se considérer comme étant un bon entraîneur, il n'a jamais atteint le rang des Scotty Bowman ou des Jacques Lemaire de ce monde et son équipe est loin d'être à la hauteur. En dépit de tous ses efforts, la vie ne lui a pas fait de cadeau. Il se dit que certains obtiennent tout, alors que d'autres...

Il range son calepin dans sa poche et effleure du bout des doigts une bouteille au contenu précieux. Il la tripote nerveusement, puis se lève et se dirige vers les vestiaires. À titre d'entraîneur, il peut circuler librement dans l'aréna.

Alors qu'il s'apprête à disparaître dans le corridor, il jette un dernier coup d'œil sur les frères Laflamme. *Tout vient à point à qui sait attendre*, se dit-il en ricanant.

Au même moment, Éric lève les yeux et voit l'individu qui les observe. Cette fois, il demande à son frère :

— Dis, Marc, tu connais ce type, là-bas ?

— Lequel ?

— De l'autre côté, tout près du banc adverse.

— C'est l'entraîneur des Tigres. Il a sans doute assisté au match pour prendre des notes et se faire à l'idée qu'on allait les battre.

— Oui, mais il ne te dit rien de plus ?

— Non, pourquoi ?

— Je ne sais pas. Une étrange impression, répond Éric. J'ai un mauvais pressentiment...

— Allons, monsieur l'agent, nous sommes à une partie de hockey. Il ne faut pas voir des gens louches partout, réplique Marc en riant.

— Tu as bien raison, frérot! Filons! Les garçons ne devraient pas tarder.

Chapitre 5

L'après-match

Dans le vestiaire, les garçons expriment leur joie d'avoir atteint leur but : ils joueront en finale contre les vainqueurs de ce matin, les Tigres de Sablon. Mario est aux anges. Les deux meilleures équipes s'affronteront en finale du tournoi ! Quel beau dénouement ! Alors que les joueurs commencent à enlever leur équipement pour aller retrouver leurs parents, Mario fait un bref retour sur la partie.

— Les gars, vous avez été sensationnels ! J'ignore les raisons de votre remarquable dextérité, mais vous avez encore joué comme des champions aujourd'hui !

— Tout est dans la moustache de jus, chef. Personne n'osera contester le pouvoir du jus de raisin !

— Vive notre moustache, lance Nathan. Vive le jus de raisin !

— Oui, le jus de raisin a sûrement aidé, mais ce n'est pas tout. Premièrement, votre performance était parfaite ; et deuxiè-mement, Joey a bien défendu son filet. Bravo, Joey !

— Oui, bravo, Joey, reprend Zack ! Tu étais concentré sur le match et tu as bloqué tous les tirs au but, sauf un ! Tu as vraiment bien joué.

— Merci, Zack, mais tu sais, les défenseurs ont été très efficaces. Si l'équipe jouait tout le temps comme ça...

— Tout le temps comme ça ? Ils nous embaucheraient dans la LNH demain matin, Joe ! Tu imagines ?

— Oui, j'imagine, reprend Joey, perdu dans ses pensées.

— Bon, les vainqueurs, poursuit Mario, dépêchez-vous de vous changer. Vos parents vous attendent dans l'aréna. Je vous ordonne de vous coucher tôt ce soir. Le match aura lieu seulement en après-midi, mais nous devons tous être en forme.

Chacun accélère le rythme en conti-nuant de savourer la victoire. Au bout de quelques minutes, presque tous les joueurs ont quitté le vestiaire, sauf Zack, Nathan et

Mario. Ils continuent de discuter ensemble de hockey, et de la partie du lendemain. Finalement, tout le monde est prêt. Les deux cousins quittent le vestiaire, suivis de Mario. Mais lorsqu'il arrive près des escaliers menant à l'aréna et au stationnement, Zack se rend compte qu'il a oublié sa DS dans le vestiaire. S'il se la faisait voler, son père ne lui pardonnerait pas. Après tout, il l'a convaincu de lui en acheter une en lui assurant qu'il ne jouerait pas outre mesure, et surtout, qu'il en prendrait soin, étant donné qu'une telle console de jeu coûte cher.

Mario lui permet de retourner dans le vestiaire, puisque la porte n'est pas encore verrouillée. L'entraîneur prend la poche de hockey du capitaine dans le but de la donner à Marc, son père; ils attendront le jeune garçon en haut. Zack revient donc sur ses pas, le cœur léger.

Il sifflote, tout en arpentant le corridor. Il ouvre la porte du vestiaire et aperçoit immédiatement sa DS qui traîne sous le banc, là où il était assis quelques minutes plus tôt. Il se penche pour la prendre et la met dans la poche arrière de son pantalon, sous son grand t-shirt et son manteau d'hiver. En se relevant, il entend du bruit derrière lui.

Chapitre 6

L'enlèvement de Zack

Carl se trouvait dans le corridor lorsque Zack, Nathan et Mario ont quitté le vestiaire. Il se demandait encore comment mettre son plan à exécution quand, à sa grande joie, il a vu revenir le capitaine des Requins, seul, sans sa poche de hockey. *Qu'est-ce qui se passe?* se demande-t-il, surpris. Aucune importance, puisque ce retour impromptu va lui faciliter grandement la tâche. C'est l'occasion rêvée.

Alors que Zack pénètre dans le vestiaire, Carl s'empresse d'imbiber un mouchoir de chloroforme. La bouteille traîne au fond de sa poche depuis plusieurs jours. Pendant que le jeune capitaine se relève, Carl l'agrippe par le cou et lui plaque le mouchoir sur le nez. Le garçon s'endort presque immédiatement. L'entraîneur le retient par les bras, le couche sur le banc et se dirige vers la porte, qu'il verrouille de l'intérieur.

L'homme sort ensuite un énorme sac noir de sous son manteau : il s'agit d'une poche de hockey. Il n'attirera pas l'attention des gens encore présents dans l'aréna. Il s'exécute le plus vite possible, afin de ne pas se faire prendre.

Après avoir ligoté et bâillonné le jeune garçon avec du ruban adhésif, il réussit à le faire entrer de peine et de misère dans le sac. Il en referme ensuite la fermeture éclair. Il vérifie minutieusement la pièce afin de ne rien laisser traîner qui pourrait l'incriminer. Tout semble correct. Il sort alors de sa poche un papier sur lequel il a préalablement griffonné quelques mots. Il le dépose sur le sol, bien en vue, au centre de la pièce. Il met le sac sur son dos et se dirige vers la porte. Il la déverrouille, l'ouvre et jette un coup d'œil dans le corridor, d'abord à gauche, puis à droite : rien. Le champ est libre. Il est temps de filer. Il replace le sac sur son épaule, puis quitte le vestiaire.

Tant que Zack dormira, il restera immobile. Il lui sera plus facile de quitter les lieux, mais il faut tout de même faire vite ! Il ne connaît pas le dosage de chloroforme qu'il a administré à sa jeune victime ; il ne sait donc pas combien de temps il dormira.

Il a tout prévu, ou presque. Au moment d'arriver aux escaliers qui le conduiront à la sortie, il entend des bruits de pas, puis des voix. C'est Mario, l'entraîneur des Requins, suivi de Marc, le père de Zack, qui reviennent pour savoir ce qui peut bien retenir le jeune joueur étoile si longtemps. Carl revient immédiatement sur ses pas et emprunte l'autre corridor, celui qui mène vers la glace. Il se plaque contre le mur, de manière à ne pas être vu. Il ruisselle de sueur.

Les deux hommes passent devant le corridor sans le remarquer. Quelques mètres plus loin, ils entrent dans le vestiaire. Carl a déjà repris le sac et se dirige vers les escaliers. Il grimpe péniblement les marches, encombré par sa lourde charge. Il franchit la sortie et se retrouve enfin dans le stationnement. Il prend une grande respiration, soulagé de ne pas avoir été appréhendé. Au même moment, Mario aperçoit la feuille de papier qui traîne sur le sol.

Carl arrive tout près de son véhicule sport utilitaire, dont il a déverrouillé les portes à distance, grâce à sa télécommande. Dans le sac, Zack commence lentement à bouger. L'entraîneur accélère le pas. Il contourne son véhicule et ouvre la portière du coffre. Il y jette la poche de hockey qui tombe en faisant un bruit sourd. Inquiet, il entrouvre la fermeture éclair. Zack émerge lentement du sommeil. Tout de suite, il ressort son mouchoir de sa poche et couvre de nouveau le nez du capitaine des Requins. Le garçon sombre aussitôt dans un profond sommeil. Carl referme alors la fermeture éclair du sac de hockey et ferme le coffre arrière de sa voiture, avant de s'installer derrière le volant. Il démarre et quitte le stationnement sans se faire remarquer de personne.

Il a réussi! Il n'en revient pas. Tout s'est bien déroulé! La victoire est au bout de ses doigts. Il a enfin assouvi son désir de vengeance, après toutes ces années. Demain, les Requins ne parviendront pas à gagner contre les Tigres sans leur joueur vedette et, dans quelques minutes, un certain Marc Laflamme n'osera plus jamais rire de lui, Carl Arsenault, entraîneur des Tigres de Sablon!

Il doit maintenant être patient et ne pas commettre d'erreurs de jugement. Son équipe doit gagner et elle gagnera! Il klaxonne trois ou quatre fois pour exprimer sa joie, puis syntonise sa station de radio préférée.

Chapitre 7

L'enlèvement de Zack, prise 2

En entrant dans le vestiaire, Marc et Mario constate l'absence de Zack. Où peut-il bien être ? Marc s'apprête à retourner sur ses pas pour inspecter la patinoire, quand Mario le retient par le bras. Il vient d'apercevoir un papier sur le sol. Il se penche pour le regarder de plus près et lit le message qui y est écrit :

« Je vais t'appeler plus tard, papa. J'ai un truc super important à faire.
Zack »

— Quoi ? Un truc important à faire ! s'exclame Marc. Et quoi encore ? Ça ne ressemble pas du tout à Zack !

— Non, effectivement, ce n'est pas son genre, reprend Mario.

— Je ne comprends pas. Il lui est sûrement arrivé quelque chose. Mon fils ne se conduit pas de cette façon. Il n'est jamais parti sans nous avertir, encore moins quand toute la famille l'attend pour fêter sa victoire ! Je vais faire le tour de l'aréna. Reste ici, au cas où Zack reviendrait.

Marc, en état de panique, sort du vestiaire. Rapidement, il arpente le corridor, se rend dans les estrades, fait le tour des lieux à quelques reprises, puis retourne à son point de départ. Il ouvre la porte du vestiaire, les sourcils froncés.

— Rien ? dit Mario.

— Je vais voir dans le stationnement ; ensuite, je pourrais retourner dans les estrades...

Marc s'apprête à quitter le vestiaire, mais Mario le retient.

— Marc, du calme ! Tu as un cellulaire ?

— Oui, pourquoi ?

— Appelle ton frère. Fais le venir immédiatement.

— Pourquoi ?

— Toute cette affaire est louche. Éric est de la police, il saura quoi faire.

— Tu as raison ! Je l'appelle.

Marc sort son cellulaire de sa poche, mais sous le coup du stress, il le laisse tomber sur le sol. Mario, voyant le père de son joueur étoile si décontenancé, ramasse le téléphone et le lui remet. Marc compose le numéro d'Éric. Éric répond.

— Allô, Marc ? Il y a un problème ? Nous vous attendons depuis longtemps.

— Tu peux nous rejoindre en bas, aux vestiaires. Nous t'attendons.

Éric, interloqué par les quelques mots de son frère, raccroche, envahi par un sentiment d'inquiétude. Que peut-il bien se passer pour que son frère lui téléphone, alors qu'ils sont dans le même édifice ?

Il dépose un baiser sur la joue de Sandra, son épouse, et se dirige vers le vestiaire d'un pas nonchalant. Lorsqu'il atteint les escaliers, il les dévale, se sachant hors du champ de vision de sa femme.

En ouvrant la porte, il se rend compte que son frère ne va pas bien. Marc, assis sur le banc, semble stressé. Mario se tient devant lui, une feuille de papier à la main, tentant de le rassurer.

— Qu'est-ce qui se passe, ici?

En guise de réponse, Mario tend le bout de papier à Éric. Ce dernier le lit très attentivement. Ses instincts de policier le poussent à analyser soigneusement la situation.

— Qu'est-ce que ça signifie? Où est Zack?

— Je l'ignore totalement, répond Marc. Zack n'était pas là. Nous avons trouvé ce bout de papier par terre et nous t'avons téléphoné. Éric, ce n'est pas dans les habitudes de Zack.

— Je sais. Que pouvait-il avoir à faire de si important? Vous avez une idée?

— Rien de spécial, reprend Marc.

— En quittant le vestiaire, poursuit Mario, il voulait juste aller fêter sa victoire et se reposer.

— Ça, c'est plutôt son genre, dit Marc en se levant et en commençant à faire les cent pas. J'ai contacté Hélène, il n'est pas avec elle. Qu'est-ce que je vais lui dire? J'ai peur qu'elle panique...

— Marc, as-tu lu le message ? demande de nouveau Éric.

— Non ! Mario me l'a lu.

— Tu veux bien le lire ? fait son frère en lui tendant le bout de papier.

Marc prend le papier des mains de son frère. Au moment où il pose les yeux dessus, un cri de surprise s'échappe de sa bouche.

— Ce n'est pas l'écriture de Zack !

— En es-tu certain, Marc ? demande Éric.

— Sûr à cent pour cent. Son écriture est droite, alors que celle-là est penchée vers la gauche. En plus, avec sa signature, Zack dessine une espèce de bâton de hockey avec son Z et le A joue le rôle de la rondelle. Tu vois le style ?

— Hum...

— Que devons-nous faire, Éric ? Dis-le-moi. Comment vais-je annoncer ça à Hélène ? Oh ! mon Dieu !

— Essaie de ne pas paniquer et laisse-moi faire. Compris ? Mario, va chercher

Hélène et demande à Sandra de s'occuper de Zoé. Je reste avec Marc. D'accord?

— Pas de problème! Je reviens tout de suite.

— Mario, s'ils te demandent ce qui se passe, motus!

— Compris.

Mario sort du vestiaire en effleurant l'épaule de Marc au passage. Il sait que le père du capitaine de son équipe est préoccupé et il se sent un peu responsable de la disparition de Zack. Il n'aurait pas dû le laisser retourner seul en bas, mais il avait la certitude qu'il restait encore, sur les lieux, quelques membres du personnel de l'aréna.

Le temps de culpabiliser viendra bien assez tôt. Pour l'instant, il doit aller chercher Hélène, la mère de son capitaine. Il faut s'occuper des parents de Zack, et retrouver le jeune garçon. Même le match de demain, contre les Tigres de Sablon, lui semble soudainement sans importance. Il y a plus urgent!

Chapitre 8

On s'organise...

Au bout de quelques minutes, Hélène, la mère de Zack, entre dans le vestiaire. Elle perçoit l'odeur désagréable de la sueur des jeunes sportifs, mais le visage défait de son conjoint la surprend et lui fait oublier ce détail.

Comme elle s'apprête à poser une première question, Éric lève les yeux et l'empêche de parler d'un signe de la main. Il s'avance vers elle.

Même s'il lui est arrivé à quelques reprises, dans ses fonctions de policier, de parler avec les parents d'un enfant disparu, c'est toujours difficile.

— Hélène, j'ai quelque chose à te dire, fait Éric pour commencer.

— Marc ! dit-elle en plongeant son regard dans celui de son mari. Éric, qu'est-ce qui se passe ? Tu m'inquiètes.

Éric prend la tête de sa belle-sœur dans ses mains et la tourne gentiment vers lui.

— Zack a laissé un message dans le vestiaire pour nous informer qu'il devait faire quelque chose d'important. Peux-tu le lire et me dire si tu reconnais son écriture, s'il te plaît ? demande Éric en lui tendant le papier.

— Non, son écriture est totalement différente. Il n'écrit pas comme ça et...

— Parfait, Hélène ! Merci. Ne t'en fais pas, nous finirons bien par savoir ce qui se passe.

Pendant que Marc, Éric et Mario discutent stratégie, Hélène prend son cellulaire et appelle plusieurs amis de son fils. Personne ne l'a vu et ils ne sont au courant de rien.

— Si mon fils n'a pas écrit ce message, demande Marc, anxieux, qui l'a écrit, alors ?

— C'est ce qu'il nous faut déterminer. Mais avant tout, nous devons nous organiser.

— Nous organiser ! dit Marc d'un ton grave, comme s'il reprenait ses esprits.

54

Nous allons nous occuper de tout, dès maintenant! Après tout, mon frère est dans la police, pourquoi m'en ferais-je? dit-il pour conclure, en cherchant l'approbation de son frère du regard.

Ils quittent tous le vestiaire en silence. Marc et Hélène, tous deux angoissés, tentent de se contenir; Mario se sent responsable de la disparition de son jeune capitaine et il est déterminé à mettre la main à la pâte; Éric, pour sa part, analyse le problème sous tous ses angles et prend déjà des décisions. Il ne fera pas intervenir les policiers de Rocketville avant demain. Il doit suivre la procédure habituelle, mais pendant ce temps, il mènera sa propre enquête. Surtout, ne pas ameuter le kidnappeur, si kidnappeur il y a, bien entendu. Il pense aussi à la nécessité d'élaborer un plan. L'idée reste encore vague, mais il est conscient d'une chose, il aura besoin d'aide et elle viendra de gens sur qui il peut se fier : Marc, son frère; Jean-Roch, son père; Mario, l'entraîneur de l'équipe et Nathan, son fils. Pour le reste, il verra s'il a besoin de renfort.

Après une brève réunion dans le stationnement de l'aréna, il est convenu que les filles, c'est-à-dire Hélène et Zoé, iront dormir chez tante Sandra. Ils disent à Zoé qu'il s'agit d'une soirée pyjama, organisée afin de laisser les garçons se préparer pour leur match du lendemain. Quant aux garçons, ils leur font croire que cette soirée, où ils commanderont leur repas au restaurant, où ils écouteront la télé et joueront aux jeux vidéo, leur permettra de se reposer en vue du match du lendemain... Zoé est ravie et chantonne lorsqu'elle quitte l'aréna. Elle n'y a vu que du feu! On peut maintenant s'attaquer au problème.

En chemin, Éric et Marc montent en voiture avec grand-papa Jean-Roch et Nathan. Ils en profitent pour expliquer la situation à leur père, du moins ce qu'ils en savent pour l'instant. De nombreuses questions fusent de toute part et Éric tente de se faire le plus rassurant possible. Mario, pour sa part, les suit dans sa propre voiture, car Éric croit que le fait d'avoir un deuxième véhicule pourrait s'avérer utile! Les filles sont parties avec la voiture de Marc. Il ne reste que celle de grand-papa qui a été laissée sur place. Il la récupérera plus tard.

Ils arrivent chez les Laflamme en fin d'après-midi, vers dix-sept heures. Personne n'a d'appétit. Tous sont perdus dans leurs pensées, imaginant un moyen de retrouver Zack. Quelques minutes plus tard, Éric prend la parole d'un ton posé.

— La seule piste que nous ayons, c'est ce supposé message! dit-il en tendant le bout de papier aux autres, afin qu'ils puissent le voir. Et ce billet, nous le savons, ne provient pas de Zack.

Éric fait une pause et regarde tour à tour les hommes présents, attendant que la feuille ait terminé sa ronde. Il reprend :

— Avant tout, la ligne téléphonique de ta résidence et celle de ton cellulaire doivent être disponibles, Marc. Ton téléphone est muni d'un afficheur, alors tu ne réponds à aucun de tes contacts, exception faite d'un numéro inhabituel, masqué ou confidentiel. Tu me suis? Même chose pour ton courriel, vérifie souvent si tu en as de nouveaux.

— D'accord. Je vais débrancher le répondeur immédiatement et vérifier mes courriels, dit Marc en se levant.

— Tous les autres, si Zack connaît votre numéro de cellulaire, vous faites la même chose. Il pourrait vous appeler.

Marc revient sur ces entrefaites.

— Bon ! Réfléchissons ! Y a-t-il un détail qui vous a paru bizarre ou inhabituel au moment où vous étiez avec Zack ? N'importe quoi. Nathan, je vais commencer par toi, mon homme. Ton cousin t'a-t-il semblé différent des autres jours ?

— Non, papa ! Comme d'habitude. Il veut tellement gagner le tournoi ! Avant la partie, nous pensions juste au hockey et après, c'était pire encore ! Demande à Mario, il se trouvait dans la chambre avec nous. Nous étions très contents et nous voulions tous gagner demain. Zack autant, sinon plus que les autres ! Mon oncle, tu sais comment il s'emballe, dit encore Nathan en se tournant vers Marc.

— Justement, je connais son enthousiasme !

— Ne nous apitoyons pas. Pas maintenant! dit Éric en regardant son frère dans les yeux. Nous disposons de peu de temps. Marc, toi, as-tu remarqué un détail ou un indice quelconque?

— Rien. Zack a passé toute la matinée avec nous avant le match. Il était dans une forme superbe. À l'aréna, tout semblait normal.

— Papa?

— Je suis arrivé seulement pour le début du match. Je n'ai donc pas vraiment vu le petit de la journée, répond Jean-Roch d'une voix tremblotante.

— Ne t'inquiète pas, papa. Nous allons le retrouver, déclare Éric en essayant de rassurer son père.

— Je viens de vous retrouver, toi et ta famille. Je ne voudrais pas...

— Éric a raison, papa, dit Marc, se trouvant lui-même étonnamment calme, vu les circonstances.

— Mario? demande Éric.

— Rien à signaler. Tout était normal avant, pendant et après le match. Mais je voudrais m'excuser.

— T'excuser de quoi? demande Marc à voix haute.

— D'avoir laissé Zack aller seul dans le vestiaire.

— Arrête, Mario, ce n'est pas de ta faute, lance Marc pour le rassurer. Je n'ai pas pensé une seconde à te blâmer. Vraiment! Dis, j'y pense, Éric, tu te rappelles le gars que tu trouvais louche? L'entraîneur des Tigres...

— Oui!

Les yeux d'Éric s'illuminent. Il avait tout de suite remarqué le type à l'allure suspecte qui traînait près de la patinoire, puis après, il n'en avait plus tenu compte. Il laisse ses pensées vagabonder...

Que faisait cet homme avec un si grand manteau à l'aréna? Pourtant, il ne fait pas si froid, aujourd'hui! De plus, Marc dit qu'il l'a déjà vu pendant un match, derrière le banc, et il n'était pas si bedonnant. Décidément, il faudra essayer d'en savoir plus sur lui. On tient une bonne piste! Et pour en savoir plus, Éric va devoir se renseigner auprès de son ancien coéquipier des forces spéciales. Il a accès à certaines informations et saura demeurer discret, le temps nécessaire. Ça peut toujours aider!

Au moment où il sort son cellulaire de sa poche pour téléphoner à son collègue, la ligne résidentielle sonne. Tout le monde se fige; tous sont pétrifiés par le bruit de la sonnerie. Marc se lève et se dirige vers l'appareil. Sur l'afficheur, on peut lire : « numéro confidentiel ». Il se retourne et regarde son frère. Éric s'est approché et voit qu'il s'agit d'un appel inconnu. Il active la fonction enregistrement du répondeur et fait signe à Marc de décrocher le combiné.

Chapitre 9

Zack rencontre
son kidnappeur

Zack revient à lui quelques minutes plus tard. Autour de lui, tout est sombre. À part les bruits environnants et ceux de la voiture, il ignore où il se trouve et avec qui.

Les mains ligotées derrière le dos dans ce qui lui paraît être une espèce de poche de hockey, il est étendu sur le côté, un gros ruban adhésif sur la bouche. Il respire bien. Un peu de la lumière du jour s'infiltre par la fermeture éclair à demi fermée. Il essaie de parler, mais le bâillon l'en empêche. Il gigote de tous les côtés, tentant de trouver une position plus confortable, mais se heurte contre des objets durs. En panique, il émet une longue plainte nasale.

— Ne bouge pas, crie son kidnappeur. Nous arrivons. Je vais te sortir du sac et tu vas pouvoir boire quelque chose. En attendant, reste tranquille.

La voix se tait. La voiture roule toujours. Au bout de quelques minutes, Zack entend, malgré les bruits ambiants, le tintement de cloches. On dirait celles d'une église. Instinctivement, il essaie de se faire une idée du trajet parcouru par la voiture.

Quelques mètres plus loin, la voiture tourne à gauche et fait deux arrêts complets, assez éloignés l'un de l'autre. Il perçoit beaucoup d'activités autour et la circulation semble dense. Aux aguets, Zack continue de mémoriser l'interminable trajet. La voiture tourne à gauche, puis à droite, et continue d'avancer encore un certain temps. Soudain, les bruits changent, comme si la voiture quittait l'asphalte pour rouler sur une route de terre battue. Le grondement s'estompe, puis la voiture s'arrête finalement au bout de quelques mètres. Le conducteur éteint le moteur, ouvre sa portière et sort du véhicule. Quelques secondes plus tard, la porte arrière du VUS s'ouvre et Zack se sent soulevé dans les airs. Il retombe lourdement sur le dos de son ravisseur. Le garçon s'agite dans son sac et émet des sons étouffés pour exprimer sa colère. La neige semble molle sous les pieds de l'homme. Le garçon entend la respiration haletante de celui-ci. Quelques secondes plus tard, Carl laisse tomber Zack sur le sol. L'homme ouvre enfin la fermeture éclair du sac. Les yeux du jeune garçon se plissent en raison de la lumière. Il respire à fond l'air frais.

— Salut, Zack! dit Carl en décollant le ruban adhésif de la bouche de son jeune otage.

— Vous! lance Zack, surpris de voir devant lui l'entraîneur des Tigres de Sablon.

Le garçon regarde l'homme en face de lui. Il a l'air fatigué, il a les yeux rouges, les lèvres tremblantes, le visage défait, et semble dément.

— Qu'est-ce que vous me voulez? Nous jouons demain.

— Oui, nous affrontons ton équipe... Mais toi, je n'en suis pas certain... Allez, debout, jeune homme! Tu vas marcher jusqu'à cette chaise.

Zack se dirige vers la chaise qui lui est assignée. *Il vaut mieux ne pas trop contrarier cet homme*, pense Zack. Il regarde autour de lui. Il se trouve dans la cuisine d'une maison ou d'un chalet, mais du moins, d'un endroit habité. Le garçon s'assoit et attend. Il regarde l'entraîneur sans comprendre. Carl se dirige vers le réfrigérateur et en sort deux bouteilles d'eau. Il en débouche une, y insère une paille et la dépose sur la table, à côté du capitaine des Requins de Rocketville, dont les mains sont toujours attachées derrière le dos. Il lui fait signe de boire. Zack s'empresse de se désaltérer.

Carl sort ensuite une corde d'un placard, de même qu'un énorme couteau de cuisine. Immédiatement, Zack se recroqueville sur lui-même, faisant ainsi tomber sa bouteille d'eau sur lui. Elle atterrit sur le sol. L'entraîneur des Tigres fait une moue ennuyée.

— Je ne te veux aucun mal, bonhomme. Je veux juste couper tes liens pour ensuite te ligoter sur la chaise. Ça t'enlèvera le goût d'essayer de t'enfuir et je me sentirai plus en sécurité.

Zack, blanc comme un linge, répond d'un léger hochement de tête. Il a vraiment eu peur à la vue de l'arme blanche.

— Parfait ! Tout va aller comme sur des roulettes, si tu m'obéis, poursuit Carl en ligotant son otage. Si tu fais ce que je te demande, demain, tu retrouveras tes parents après le match.

Quelques instants plus tard, sa victime bien attachée, pieds et poings liés, Carl ramasse la bouteille d'eau, essuie le plancher avec une serviette qui traîne sur le comptoir de la cuisine, puis ouvre une seconde bouteille qu'il met au même endroit que la précédente.

— Pourquoi dites-vous que je ne jouerai pas demain ? Vous allez m'en empêcher ?

Son ravisseur éclate de rire et regarde le garçon droit dans les yeux.

— Je vais t'en empêcher. Par contre, je n'ai pas l'intention de te faire de mal, mais tu dois m'écouter. Demain, mon équipe jouera contre les Requins de Rocketville et remportera la partie.

— Pourquoi êtes-vous aussi sûr de gagner ?

— Les joueurs vont s'inquiéter pour toi et tes camarades seront tous déconcentrés. Tu es l'âme de ton équipe, mon garçon. La victoire est dans notre poche! La victoire et ma revanche...

— Votre revanche?

Carl n'entend plus ce que Zack dit. Ses pensées vagabondent de nouveau. Il s'était juré de devenir le meilleur entraîneur de la LNH, mais son désir est loin d'avoir été exaucé. Il est devenu un bon entraîneur, mais pas assez pour se démarquer des autres. Devinant qu'il n'entraînerait jamais une équipe de professionnels, pas plus qu'une équipe dans les mineures, il est devenu de plus en plus frustré au fil des ans. Mais la colère l'a littéralement envahi lorsqu'il a constaté que Zack, le fils de Marc Laflamme, jouait au hockey et qu'il excellait. Un affront cuisant, difficile à accepter.

Carl a quand même pris son mal en patience et il a décidé de continuer d'entraîner des équipes de hockey. Cette année, c'était la première fois qu'on lui confiait du BB. Il s'agissait d'une bien piètre promotion à ses yeux.

Après chaque match, Carl analysait minutieusement les résultats des autres équipes. Il tentait de savoir pourquoi celles-ci avaient du succès et c'est à ce moment-là qu'il a remarqué Zack Laflamme, le joueur vedette des Requins de Rocketville. En examinant sa fiche, il a été impressionné. Lors de leur première confrontation, son jeu l'avait littéralement renversé. Pire encore, dans la foule, il avait reconnu Marc Laflamme, qui jubilait chaque fois que son fils comptait un but.

Après, il a commencé à élaborer son plan. L'heure de la vengeance avait sonné ! Il ne pouvait pas kidnapper les deux petits Laflamme, l'autre étant, bien entendu, Nathan, le défenseur. Il se contenterait du capitaine.

Carl émerge de ses pensées au bout d'un moment. Il regarde Zack dans les yeux en esquissant un sourire méchant.

— Bon ! Mon homme, tes parents pensent que tu avais un truc urgent à faire, et c'est pour cette raison que tu as quitté l'aréna sans leur dire au revoir.

— Voyons donc ! Ils me connaissent !

Ils savent que je ne ferais jamais une chose pareille. Surtout pas la veille d'un match !

— Ce qu'ils en pensent me laisse indifférent. C'est ça, le plan.

— Le plan ! Mon oncle travaille pour la police, réplique Zack, la voix tremblante. Il va me retrouver.

— Je sais qu'Éric travaille pour la police, je sais.

— Vous le connaissez ? demande Zack, interloqué.

— Je ne le connais pas... je... non, dit Carl en bégayant. Mais je l'ai vu à la télévision comme tout le monde, l'an passé.

Sur ce, l'entraîneur des Tigres se lève, prend le téléphone, le dépose sur la table et se rassoit.

— Maintenant, Zack, tu vas téléphoner à tes parents. Tu vas leur dire que, finalement, tu ne pourras pas jouer demain.

— Comment ? Et pourquoi ?

— Simple ! Un ami est venu te voir, il avait un problème et tu as voulu l'aider.

— Et je suis parti sans avertir mes parents?

— À toi de trouver une raison plausible. Tu vas aussi leur demander d'apporter ton équipement, au cas où tu serais à l'aréna demain. Toi et moi, nous savons que tu n'y seras pas, mais bon!

— Monsieur, c'est fou, votre truc! Quand je vais revenir, je vais leur dire que vous me reteniez. Voyons donc!

— Zack, ça n'aura plus aucune importance, répond Carl en souriant de façon rêveuse.

Son ravisseur sort un bout de papier de sa poche, et avant de composer pour Zack le numéro de téléphone de ses parents et d'approcher le combiné de l'oreille de celui-ci, il le prévient une dernière fois :

— Tu me comprends bien, jeune homme, je ne veux pas te faire de mal, je te l'ai dit, mais ne dis pas de bêtises en appelant ton père, parce que je pourrais me raviser. Je n'ai pas l'intention de passer à côté de...

Il se tait, laissant sa phrase en suspens. Zack acquiesce d'un signe de tête. Il entend la sonnerie, puis la voix de son père à l'autre bout du fil.

Chapitre 10

Un coup de fil attendu

— Allô ? répond la voix tremblotante de Marc.

— Salut, papa !

— Zack ! Où es-tu ? Est-ce que ça va ?

— Oui, papa, ça va bien. Écoute, un ami est venu me voir à l'aréna. Je l'ai rencontré en allant chercher ma DS. Il avait un problème et il m'a demandé de l'aider...

— Ça ne tient pas debout, ton histoire, Zack !

— Je te le jure, papa ! Je l'ai rencontré en allant chercher ma DS. C'est contre mes habitudes de partir sans vous avertir, mais il le fallait.

— Zack, dis-moi où tu te trouves et nous allons te chercher.

— Non, papa, ce n'est pas nécessaire. Je ne viendrai pas dormir, de toute façon.

Je vais être à l'aréna pour le match de demain. Il ne devrait pas y avoir de problèmes.

Le père comprend que son fils est en mauvaise posture. Il espère faire durer la conversation et demande :

— Comment, tu ne viendras pas coucher ? Ce n'est pas toi qui décides ça, mon homme !

Zack aperçoit Carl du coin de l'œil, qui lui fait signe de couper court à la conversation. Le jeune garçon devra interrompre la communication sous peu.

— Papa, il faut que je raccroche. Apporte mon équipement à l'aréna, s'il te plaît, tu sais, celui que tu m'as offert récemment. Surtout mes patins et mon bâton. Ce sont mes préférés. Tu diras à Nathan de manger ses Frosted Flakes pour être en forme pour le match... Puis, quand tu me verras, tu ne me sonneras pas trop les cloches ? Salut, papa.

La conversation prend fin. Carl éloigne le combiné de l'oreille de son otage et raccroche.

Chez les Laflamme, Éric arrête l'enregistrement. Marc ne comprend rien à l'histoire de son fils. Désemparé, il raccroche à son tour. Il regarde tour à tour son père et Mario, puis se laisse choir dans un fauteuil, la mine basse. Éric s'adresse alors à lui :

— Marc, qu'est-ce qui t'a semblé bizarre lors de votre conversation ?

— Tout ! répond Marc en levant les bras au ciel. Papa, dit-il en se tournant vers Jean-Roch, Zack ne ferait jamais une chose pareille !

— Je sais, répond-il. Éric, ajoute-t-il, pourrais-tu nous faire entendre l'enregistrement ?

— Bien sûr, papa ! Ensemble, nous pourrons y voir un peu plus clair.

Éric appuie sur quelques boutons, et tous écoutent la conversation. Nathan parle le premier.

— Moi, papa, dit-il en s'adressant à Éric, je trouve son histoire de DS bizarre. Il allait la chercher quand il est redescendu au vestiaire, il nous l'a dit à Mario et à moi, alors pourquoi en parle-t-il autant ?

— Bonne question, mon gars! Une autre remarque?

— Zack ne partirait pas sans demander la permission à ses parents, reprend Jean-Roch. Et lequel de ses amis peut bien avoir un aussi gros problème?

— En plus, lance Mario, les meilleurs amis de Zack sont tous dans l'équipe. Tout le monde se portait bien aujourd'hui.

— Toi, Marc, as-tu remarqué quelque chose de particulier en réécoutant l'enregistrement de la conversation?

— Je te le redis : tout! Il mentionne qu'il va être à l'aréna demain, c'est à peu près la seule chose dont je suis sûr et je t'expliquerai tout à l'heure pourquoi. Pour le reste, je ne reconnais pas mon fils. Et puis, que signifie « lui sonner les cloches »? Ça ne lui ressemble pas du tout!

— Papa, j'y pense... Pourquoi a-t-il demandé qu'on me dise de manger des Frosted Flakes? Je n'en mange pas!

— Il s'adressait à toi, Nathan, répond Éric. C'est donc à toi de réfléchir et de trouver pourquoi il a dit ça. S'il te vient une idée, fais-nous-le savoir, mon garçon. Bon ! J'ai un téléphone à faire. J'appelle au poste pour vérifier quelques détails avec un de mes collègues.

— Papa, je commence à avoir faim, lance Nathan, l'air piteux. Je ne devrais sans doute pas le dire, mais j'ai l'estomac serré à cause de la partie de demain.

— Ne t'en fais pas, Nathan, reprend Marc, le sourire aux lèvres. Nous avons tous faim, je crois. Nous pourrions commander notre repas au restaurant, si tu veux.

— Je fais les commissions pour tout le monde, propose Mario. Un peu d'air frais me fera le plus grand bien, et vous avez sûrement besoin de vous retrouver un instant en famille. Ça vous va ?

— C'est parfait, Mario, lance Jean-Roch. Tu nous rapportes quelque chose à manger ? Laissons tomber la gastronomie pour ce soir.

Mario quitte la résidence des Laflamme pour se rendre au restaurant. Restés seuls, les membres de la famille Laflamme poursuivent la conversation sans contraintes.

— Alors, Marc, demande Éric, tout de suite après le départ de l'entraîneur. De quoi voulais-tu parler en privé ? J'imagine que « privé » implique papa et Nathan.

— Oui, répond Marc. Zack a demandé que je lui apporte son équipement. Vous l'avez tous entendu.

— Oui, reprend Jean-Roch, et il veut l'équipement de l'arrière-arrière-grand-père.

— Donc, non seulement il compte jouer, mais en plus, il se propose de gagner, ajoute Marc. Par contre, il n'a pas le droit de porter l'équipement spécial pendant un match. C'était la condition... Tu le sais, papa, c'est ce que tu nous as dit quand tu nous l'as donné.

— C'est vrai ! Ça nous confirme son intention d'assister à la finale demain et son désir de gagner. Pour le reste...

— Pour le reste, ses paroles ne font aucun sens ! La DS, les Frosted Flakes, lâche Nathan, tout haut en réfléchissant.

Éric se lève alors pour appeler Louis, son collègue. Au moment où il s'apprête à composer le numéro, Nathan pousse un cri retentissant dans la pièce.

— Papa, je sais !

— Tu sais quoi ? demande Éric, inter-loqué.

— Les Frosted Flakes !

— Quoi, les Frosted Flakes ? demande Marc à son tour.

— Leur slogan : le tigre est en toi ! Il y a un tigre sur la boîte. Zack veut nous mettre sur la piste des Tigres !

En une fraction de seconde, Éric repasse le film de la journée dans sa tête et s'arrête immédiatement sur l'image de l'entraîneur des Tigres. Il lui avait trouvé un air suspect. Décidément, cet homme semble avoir un rôle à jouer dans toute cette histoire. Mais pourquoi ? Pourquoi un entraîneur d'équipe de hockey pourrait-il en vouloir au capi-taine d'une autre équipe ? Après tout, Zack n'est qu'un enfant...

— Bravo ! Nathan. Toutes les idées bril-lantes de ce genre sont les bienvenues, dit-il pour conclure, en ébouriffant les cheveux de son fils. Je téléphone tout de suite à Louis.

— Il y a de quoi être fier de ses petits-fils! ajoute Jean-Roch d'un air satisfait. Zack a la rapidité d'esprit de nous passer un message, et toi, Nathan, tu saisis ce qu'il veut dire. Il y a vraiment de quoi être fier!

Chapitre 11

Au restaurant

Assis derrière le volant de sa voiture, Mario repense aux derniers événements sans rien y comprendre. L'entraîneur arrive devant *Chez Manon*, un restaurant familial où l'on sert de tout. Il entre dans l'aire de stationnement aux trois quarts pleins et cherche une place pour se garer. Il trouve un espace libre à l'autre bout du terrain, au moment même où il entend les cloches de l'église sonner l'angélus du soir. Le ventre de Mario se met à gargouiller, comme s'il avait entendu lui aussi ce rappel du temps. L'entraîneur consulte la liste des commandes de chacun, éclairé par le plafonnier de son véhicule. Rien de bien compliqué. Songeur, il referme la lumière et sort de sa voiture. Il trouve cette histoire tellement bizarre... *Qu'est-il arrivé à mon jeune capitaine?* se demande l'entraîneur, perdu dans ses pensées.

Au même moment, Carl pénètre dans le même stationnement. Il vient chercher à manger pour son jeune otage. En roulant, il pense aux liens supplémentaires avec lesquels il a attaché Zack. Pour plus de précautions, il a laissé le jeune garçon dans le noir le plus complet, attaché par une chaîne aux barreaux de l'escalier du sous-sol. Avant de partir, il a verrouillé toutes les issues à double tour. Après tout, même s'il considère qu'il a bien manœuvré depuis quelques heures, il n'a pas de temps à perdre. Il n'est jamais dans l'intérêt d'un kidnappeur de laisser sa victime seule bien longtemps. Un sourire goguenard se dessine sur ses lèvres. Décidément, la chance lui sourit ; une place se libère tout près de l'entrée du restaurant.

Au moment où Carl ouvre la portière de son véhicule pour se rendre au comptoir des commandes, Mario marche tête baissée et entre en collision avec un individu qui se trouve sur son chemin. Il lève la tête pour s'excuser et aperçoit Carl Arsenault, l'entraîneur des Tigres de Sablon, l'équipe que ses joueurs devront affronter demain. Il n'a aucune envie de parler hockey et se serait bien passé de leur rencontre. Il le salue tout de même pour la forme.

— Oh, je m'excuse, dit Mario en reculant, pour laisser sortir Carl de son auto. Ça alors! Quelle coïncidence!

Carl s'extirpe lentement du véhicule, puis referme la portière, sa clé à la main. Il braque un regard froid sur l'entraîneur des Requins de Rocketville. Il n'avait pas prévu cette rencontre. Il ne croit pas prudent d'engager la conversation avec le coach des Requins, mais ne peut résister à l'envie de le saluer, car il sait qu'il lui arrachera la victoire demain. Seulement, il doit jouer son rôle...

— Ce n'est rien, dit Carl, qui tente tout de même de sourire. En forme pour la joute de demain?

— Si l'on veut...

— Un problème? enchaîne Carl, incapable de résister à la tentation de savourer un petit moment de bonheur en attendant sa victoire.

— Rien de bien grave... Bon match demain!

— À vous aussi! Et que les meilleurs gagnent! ajoute Mario.

Oui, c'est ça, que les meilleurs gagnent, se dit Carl, *et ce ne sera sûrement pas vous autres, les meilleurs.*

Au lieu de se diriger vers le restaurant, Carl prend la décision de remonter dans son véhicule. S'il entre à l'intérieur du resto, il devra forcément discuter avec son adversaire de banc et il ne se sent pas la force de résister à l'envie de poser quelques questions. Il reprend la route en direction de son chalet. En chemin, il s'arrête à un dépanneur pour acheter quelques friandises à mettre sous la dent de sa victime. *Demain soir, ce sera une autre histoire ; Zack se régalera avec un bon plat familial et moi j'aurai la satisfaction de la victoire,* pense Carl.

Pendant ce temps, dans le repaire de Carl Arsenault, entraîneur des Tigres et kidnappeur du capitaine des Requins, Zack tente de défaire ses liens dans le noir. Incapable de faire bouger sa chaise et encore moins de remuer son corps, Zack rêve tout de même de s'évader.

De tous les films d'action qu'il a vus, il a retenu une chose : quand une personne

veut s'échapper, elle desserre ses liens à force de petits coups de poignets, de sueur et de patience. Pour une fois, son coup de poignet ne servira pas à compter un but, mais à livrer une tout autre bataille.

Zack fait ainsi de petites rotations de poignets, ponctués de petites pauses à intervalle de cinq minutes, afin d'éviter de se blesser. Il doit jouer le dernier match du tournoi le lendemain et il est bien déterminé à le faire. Tout en s'acharnant sur ses liens, il se demande si Nathan a décodé ses messages et si son père a compris à quel équipement il faisait allusion, malgré l'interdiction formelle de l'utiliser pendant une partie officielle.

Au comptoir du restaurant, Mario passe sa commande rapidement. Peu de temps après, il roule en direction de la résidence des Laflamme, le repas chaud à ses côtés, sur le siège du conducteur. Il est songeur depuis sa rencontre avec Carl; la partie de demain occupe son esprit. Si Zack n'est pas retrouvé avant le match, il faudra prévenir les joueurs et leurs parents, mais sans semer la panique. Ces derniers pourraient croire que leurs enfants sont en danger. Et pourraient demander qu'on annule le tournoi...

L'entraîneur délaisse ses sombres pensées quelques instants pour se concentrer sur sa conduite. Il stationne sa voiture dans la cour de Marc Laflamme, coupe le contact et se penche pour prendre le souper. Cette fois, c'est l'odeur des frites qui semble titiller son estomac, car son ventre gargouille de nouveau. Ce détail lui rappelle soudain...

— J'ai trouvé! C'est ça! crie-t-il.

Il prend le sac d'une main, les boissons de l'autre, referme la portière d'un coup de pied et se dirige en courant vers la maison. Il active la sonnette avec le bout de son nez, et sautille d'impatience en attendant qu'on lui ouvre la porte. Au moment où Marc apparaît, Mario se précipite à l'intérieur, dépose ses sacs et ses clés sur la table et s'écrie :

— « Ne pas lui sonner les cloches! » Les amis, je pense que j'ai compris la signification du message de Zack!

— Pardon? demande Marc en refermant la porte derrière l'entraîneur.

— J'étais au restaurant et j'allais descendre de la voiture quand les cloches de l'église ont sonné l'angélus du soir, ce qui m'a rappelé que j'avais faim.

— Les cloches de l'église, reprend Éric, pensif. Zack les aurait entendues.

— Ce qui voudrait dire qu'il est en ville, quelque part, enchaîne Marc.

— Exact! reprend Jean-Roch, le grand-père de Zack! Mario, dans mes bras!

— Suivez-moi, ajoute Éric, j'aimerais vous transmettre les informations que j'ai recueillies auprès de mon collègue.

***

Pendant ce temps, Carl sort du dépanneur, un sac sous le bras. Il se félicite intérieurement d'avoir quitté les lieux du restaurant. Après tout, il n'y avait aucune chance à prendre avec Mario, l'entraîneur des Requins. De toute manière, l'entraîneur des Tigres aurait eu du mal à dissimuler sa nervosité.

Hélène, pour sa part, passe un coup de fil chez elle, aux alentours de dix-neuf heures trente. Elle ne tient plus en place tellement elle est tourmentée. Pour la rassurer, Marc lui rappelle sa conversation avec leur fils. Ils ignorent encore où Zack se trouve, mais Éric travaille d'arrache-pied, en collaboration avec son collègue, pour recueillir des informations qui les conduiront jusqu'à lui. Hélène retourne donc trouver Zoé; il est inutile d'alarmer la petite pour l'instant. Dès qu'elle sera couchée, elle fera un compte-rendu des événements à Sandra, la mère de Nathan, elle aussi très angoissée depuis la disparition de son neveu.

Finalement, chez les Laflamme, Éric fait part à Mario des plus récents développements. Lorsqu'il est de nouveau question du message décodé par Nathan à propos des céréales, une lumière s'allume dans le cerveau de l'entraîneur.

— Ah, j'y pense! J'ai vu Carl Arsenault, l'entraîneur des Tigres, au restaurant. Il m'a parlé du match de demain et...

— Et? fait Marc.

— Eh bien! c'est bizarre. J'avais l'impression qu'il se rendait au comptoir des commandes, il marchait derrière moi, et je ne l'ai pas vu à l'intérieur ni dans le stationnement en sortant.

— Oui, ce type ne m'inspire pas confiance, poursuit Éric. Les cloches que tu as entendues, Mario, elles provenaient de quel endroit?

— Il s'agissait de celles de l'église de Rocketville. Pour entendre celles de Sablon, il aurait fallu que je sois à l'autre bout du village.

— Est-ce que ce Carl Arsenault possède un chalet dans les environs? demande Jean-Roch.

— D'après mes renseignements, poursuit Éric, il vit à Sablon, mais il en possède effectivement un ici, à Rocketville.

— Tu as obtenu l'adresse? demande Marc, déjà prêt à bondir de son fauteuil.

— Oui. Je vais aller jeter un coup d'œil.

— Je viens avec toi!

— Non, Marc. C'est préférable de rester sur place pour attendre des nouvelles de

Zack. Nathan, tu te reposes pour le match de demain. Mario! Tu m'accompagnes?

— Éric, je suis ton homme.

— Et moi? Je suis inutile?

— Aucunement, papa! Je t'emmène, mais tu dois me promettre de m'écouter.

— Oui, monsieur l'officier, je ferai ce que vous me demanderez de faire! lance Jean-Roch à la blague, une main sur le cœur, comme s'il prêtait serment, espérant détendre un peu l'atmosphère.

Les trois équipiers prennent leur manteau et s'apprêtent à sortir de la maison de Zack, lorsque Nathan rejoint son père près de l'entrée.

— Dis, papa, tu vas retrouver Zack, n'est-ce pas?

— C'est bien mon intention, fiston. Tu veux bien prendre soin de ton oncle pour moi?

— Sûr!

— Marc, je te promets d'enclencher les procédures dès que je le pourrai pour ton fils. En attendant, Louis travaille sur le dossier. Je lui ai laissé le numéro de téléphone de la maison, au cas où je serais injoignable sur mon cellulaire. Tu réponds si ça sonne.

— Merci, Éric. Merci du fond du cœur.

— Tu me remercieras plus tard, frérot. Nous ne sommes pas rendus là...

Sur ces paroles, les trois hommes s'installent dans la voiture d'Éric. Le véhicule s'éloigne et disparaît dans la pénombre. Il ne reste plus qu'à attendre.

Chapitre 12

Recherches nocturnes

Éric, Mario et Jean-Roch roulent en silence, perdus dans leurs pensées. Même la radio est muette. Jean-Roch se tracasse pour son petit-fils. Il vient de retrouver son fils Éric, après plusieurs années, et maintenant, il lui paraît impossible d'imaginer sa vie sans Zack. Mario, pour sa part, repense constamment à sa brève rencontre avec Carl, l'entraîneur des Tigres. Il s'évertue à vérifier s'il n'aurait pas oublié un détail, aussi minime soit-il. Éric, quant à lui, conduit sur le pilote automatique. Son esprit est ailleurs. Il se remémore sa journée ; quelque chose cloche, mais il n'arrive pas à mettre le doigt dessus.

— Où allons-nous exactement ? demande Mario.

Éric émerge de ses pensées.

— À l'église. De là, nous évaluerons nos options.

— Tu as bien l'adresse de cet homme ? lance à son tour Jean-Roch.

— Oui, je l'ai écrite sur un bout de papier. Tiens, papa, prends ceci, répond Éric en lui tendant une feuille froissée, sur laquelle sont inscrites les informations que son collègue lui a fournies un peu plus tôt.

Jean-Roch allume le plafonnier de la voiture et porte les notes à hauteur de ses yeux. Il les rétrécit en raison de la demi-obscurité. Il prend le temps de bien lire ce qui est écrit. Selon lui, quelque chose ne tourne pas rond.

— Éric, range-toi sur le côté, s'il te plaît.

— Un problème ? Ça ne peut pas attendre ?

— Je t'ai demandé de te ranger sur l'accotement ! répète son père d'une voix autoritaire.

— Oui, papa, répond Éric, contrarié.

Il se sent un peu comme quand il était jeune et se faisait rappeler à l'ordre. Il se range sur le côté, coupe le moteur et se tourne vers son père, le regard inter-rogateur.

— Alors ? demande Éric, d'un ton impatient.

— Ça ne va pas.

— Qu'est-ce qui ne va pas, papa ?

— L'adresse ! Nous nous rendons à l'église, mais l'adresse inscrite sur ce papier est à l'autre bout du village.

— Il aurait pu prendre une route secondaire, un rang pour se rendre au restaurant, lâche Éric, tout à coup.

— Impossible ! Le restaurant est inaccessible en voiture à partir d'ici. Les routes ne sont pas reliées.

— Que fait-on ? demande à son tour Mario.

— On fonce ! dit Éric en démarrant la voiture.

— Où ? ajoute Mario.

— Chez Marc !

Éric fait demi-tour et se dirige à vive allure chez son frère. Il leur faut une deuxième voiture. Il explique rapidement la situation à ses deux alliés.

— Mario, je te dépose à la maison. Tu prends ta voiture et tu vas chercher le plus d'informations possible aux alentours de l'église. Quelqu'un a-t-il vu Carl? Était-il seul? Quand? Papa, tu restes avec moi. Nous allons rendre visite à Carl Arsenault à son chalet. Nous aviserons une fois là-bas. Mario, as-tu un cellulaire?

— Non!

— Alors, prends celui de Marc. Le premier qui trouve quelque chose téléphone à l'autre.

— Compris!

Ils arrivent chez Marc et laissent descendre Mario devant la porte de la maison. Éric et Jean-Roch quittent les lieux sur les chapeaux de roue. Mario se précipite à l'intérieur pour récupérer le cellulaire de Marc. Le temps presse.

Une vingtaine de minutes plus tard, Éric et son père arrivent tout près de l'embranchement menant au chalet de l'entraîneur des Tigres. Éric laisse son instinct d'enquêteur le guider. Il ralentit, éteint les phares de la voiture et coupe le contact. Il fait signe à son père de rester à l'intérieur. Il sort. Le ciel est gris clair, et malgré la neige qui s'annonce, Éric peut observer les alentours. Il regarde le sol : aucune trace fraîche de pneus. Les fenêtres et les portes de la petite maison sont barricadées pour l'hiver avec des planches. Il peut relâcher sa surveillance. Il remonte en voiture.

— Rendons-nous au chalet de la mère de Carl. D'après moi, nous ne les trouverons pas là non plus. Nous allons vérifier mon hypothèse tout de suite.

— Et que ferons-nous s'ils n'y sont pas ? demande son père.

— Nous chercherons ailleurs, papa. Nous les retrouverons, sois sans crainte.

— Tu sembles confiant...

— Je le suis, papa. Penses-y deux minutes... Si Zack était libre, chez un ami, comme il le prétend, il aurait agi comme un garçon de son âge, il aurait demandé la permission d'y aller. Donc, ce fait nous amène à la deuxième hypothèse : quelqu'un le retient. Dans ce cas, son ravisseur n'est pas très futé s'il laisse son otage parler à sa famille. La personne peut facilement passer un message. Et c'est exactement ce que Zack a fait.

— Continue, tu me rassures.

— De plus, Zack nous dit qu'il serait à l'aréna demain. Donc, son kidnappeur, que l'on croit être Carl Arsenault, lui a confirmé qu'il y serait. Sinon, Zack aurait eu une tout autre attitude au téléphone.

Ils arrivent sur ces entrefaites à l'adresse indiquée. Aucune lumière extérieure, pas de traces de voiture. Éric jette un coup d'œil à l'intérieur de la maison par les fenêtres. Des veilleuses jettent une faible lueur dans la pièce. Convaincu de l'absence de Zack, Éric prend son téléphone et compose le numéro du cellulaire de son frère. Mario décroche.

— Allô ?

— Mario, c'est Éric. Il faut entreprendre des recherches ailleurs que chez Carl Arsenault. Nous te rejoignons dans le stationnement de l'église dans une quarantaine de minutes. Continue de chercher de ton côté. Au fait, quelque chose de neuf ?

— Non. Il commence à se faire tard et les rues sont désertes. Je continue ma tournée !

— Merci, Mario.

— J'ai besoin de mon capitaine demain. Nous avons un match à jouer, dit Mario en souriant.

— Oui. Il sera là !

Éric raccroche, le visage souriant.

— Tu sais, papa, Nathan et Zack sont chanceux d'avoir un bon entraîneur. Les équipes de hockey n'étaient pas aussi bien organisées lorsque nous étions enfants.

— Les jeunes jouaient davantage dehors qu'à l'intérieur. Peu d'arénas étaient bien équipés comme maintenant, et ils étaient ouverts moins souvent...

Ils reprennent la route en direction de l'église. Ils se laissent aller à leurs réflexions, à la recherche d'un détail quelconque.

Pendant ce temps, Mario arpente les rues au volant de sa voiture. *Si Zack avait entendu les cloches et avait pris la peine de le mentionner, c'est que le son devait être clair*, pense Mario. Il ne devait donc pas être loin.

L'édifice religieux est situé sur la grand-route qui mène au lac Caribou, le plus grand lac de la région. Le lac Caribou est ceinturé de plusieurs maisons. Avant d'y arriver, il faut traverser deux ou trois lacs, plus petits et moins achalandés, où les chalets y sont beaucoup plus dispersés.

Un large territoire pour ma recherche, pense encore Mario. *Seul un salon de quilles est ouvert dans le coin de l'église. Y jeter un coup d'œil ne donnera pas grand-chose*, se dit-il. Même le dépanneur du coin est fermé depuis qu'un nouvel établissement est ouvert jour et nuit sur la grand-route, à l'entrée du village.

Il décide tout même d'arrêter au salon de quilles. Après avoir garé sa voiture, il est accueilli par une vieille dame qui se tient derrière le comptoir ; ses cheveux blancs en broussaille, surmontés d'une casquette d'un blanc douteux, lui donnent un air inquiétant. La femme semble aussi âgée que les chaussures qu'elle loue.

— Bonsoir, m'sieur! Une petite partie pour vous changer les idées? Les quilles, y a rien de mieux!

— Non, merci. Je ne veux pas jouer, dit Mario en jetant un regard circulaire dans la salle. Je me demandais si vous aviez déjà vu un certain monsieur ici.

— Il a l'air de quoi, votre monsieur, m'sieur?

— Je n'ai pas de photo, mais vous le connaissez peut-être : Carl Arsenault, l'entraîneur des Tigres.

— Quoi? Il y a des tigres en ville? Un cirque vient d'arriver et je ne le savais pas?

— Non, pas des tigres. Les Tigres de Sablon, l'équipe de hockey, reprend Mario.

— Quoi, des tigres de salon qui écoutent le hockey? On aura tout vu! Désolée, m'sieur! Je ne connais pas votre dresseur de tigres. Puis, vous voulez jouer une petite partie?

— Non, merci, dit Mario, piteux.

Il jette un autre coup d'œil du côté du salon. Seulement quelques clients s'y trouvent. Rien d'intéressant. Personne ne connaît Carl Arsenault.

Il remonte en voiture. Il lui reste encore une dizaine de minutes devant lui. Le temps d'aller au dépanneur pour s'acheter une boisson énergisante — la journée a été longue et épuisante — et de rejoindre Éric et Jean-Roch à l'église. Il aurait préféré ne pas revenir bredouille. Mais bon, ils seront quand même trois pour chercher Zack.

Quelques instants plus tard, au dépanneur, Mario choisit plutôt une bouteille d'eau. Il a la gorge desséchée. Il se présente au comptoir pour payer. Le commis passe l'article sous le lecteur optique avant de lancer :

— Ça alors ! Vous ?

— Moi ?

— Oui, vous ! Mario Bélanger, l'entraîneur des Requins !

— Tu as l'air de connaître le hockey d'ici, mon garçon !

— Oui, monsieur ! Je ne joue pas... Mais j'aime regarder les joueurs et j'aime l'ambiance à l'aréna. En plus, je viens vous encourager demain avec des copains.

— Plus nous avons de partisans, mieux c'est! Je m'excuse, je suis un peu pressé, dit Mario en tendant cinq dollars au commis.

— Tout le monde semble pressé de rentrer. C'est dommage, parce que je rencontre rarement des entraîneurs.

— Ah oui?

— Justement! Tantôt, j'ai servi votre adversaire, Arsenault.

— Carl Arsenault? Ça fait longtemps?

— Une couple d'heures peut-être. Les soirées sont longues, alors... Oui, au moins deux heures se sont écoulées depuis.

— Merci, bonhomme! Tu viens de me rendre un grand service.

Mario tend la main pour prendre sa monnaie et sort du dépanneur. Il appelle aussitôt Éric sur le cellulaire de Marc.

— Éric, c'est Mario. Venez me rejoindre au dépanneur ouvert jour et nuit sur la grand-route. Il y a du nouveau et je pense qu'on a besoin d'un détective.

— Nous arrivons dans quelques minutes.

Chapitre 13

La nuit de Zack

Carl revient une heure plus tard, chargé d'un sac contenant de la nourriture pour deux : sandwiches au jambon, croustilles, chocolats et canettes de boisson gazeuse. Rien de fantastique comme souper ! *Le repas du condamné*, pense Zack. Il n'a pas vraiment faim. Son estomac a besoin de nourriture, mais le cœur n'y est pas. Pourtant, il devrait être affamé, surtout après avoir tenté si longuement de défaire ses liens.

À son grand désespoir, il s'aperçoit vite que tout le travail accompli au cours de la dernière heure s'envole en fumée, quand Carl Arsenault sort de nouveau son énorme couteau. L'entraîneur coupe une fois de plus les liens de son otage pour qu'il puisse manger. *Ça m'aura servi d'entraînement*, se dit Zack en lui-même.

— Tiens, mange, dit Carl à son prisonnier.

— Je n'ai pas vraiment faim.

— Je comprends, mais tu dois manger. Force-toi un peu. Je te l'ai dit, je ne te veux pas de mal.

— Bien oui! Pas de mal! Qu'est-ce que je fais ici, d'abord? C'est quoi votre problème? crie Zack au visage de son kidnappeur. Méchante bonne stratégie d'enlever un joueur! Puis, vous allez me libérer après, comme si de rien n'était? Juste comme ça?

— Exactement!

— J'ai mon voyage! poursuit Zack. Mon oncle est chef de police! Ça vous dit quelque chose? Il va vous arrêter!

— Peu importe, j'aurai gagné le match et j'aurai aussi...

Une fois encore, Carl laisse sa phrase en suspens, mais Zack insiste.

— Et vous aurez quoi? Hein? Vous ne le dites jamais!

— Ma revanche, mon petit gars, ma revanche! Bon, tu manges!

— Pas question! Je veux parler à mon père!

— Ton père! reprend Carl, d'un ton agressif.

Zack remarque le changement dans la voix de son kidnappeur. Carl prend une seconde pour penser à la demande de son otage. *Pourquoi pas?* se dit-il. *Si ça peut attrister davantage Marc Laflamme et son frère Éric, pourquoi pas?*

— Si c'est pour améliorer ton attitude, tu peux y aller; mais après, tu manges. Compris?

— Entendu.

— Et pas de bêtises, ajoute l'entraîneur en tendant le téléphone à Zack. Sois bref!

Chez les Laflamme, la sonnerie du téléphone se fait entendre. Marc appuie sur le bouton d'enregistrement du répondeur avant de décrocher.

— Allô?

— Salut, papa! C'est moi.

— Zack! Comment vas-tu?

— Bien, papa. J'avais le goût de te souhaiter bonne nuit.

— Tu es sûr ? demande Marc, inquiet.

— Oui. Je vais dormir en pensant que je bats Nathan au hockey sur DS. Tu vois, inutile de t'en faire. On se voit demain à l'aréna.

— Tu participeras au match ?

— Oui, papa. À l'aréna demain. Je vais rêver à ma victoire contre Nathan... Ma victoire sur DS. Salut ! Souhaite bonne nuit à maman et à Zoé.

Sur ses mots, Carl met un terme à la conversation.

— Content ? Maintenant, tu manges ! dit-il en replaçant le combiné téléphonique.

— Merci, monsieur, répond Zack.

Il enfourne son sandwich.

Finalement, il a une faim de loup. Peut-être parce qu'il a réussi à passer un autre message. Ça ouvre l'appétit. Il ne reste qu'à espérer que son père transmette l'information à Nathan. Du reste, pense Zack en regardant le coach des Tigres du coin de l'œil, il n'a pas l'air bien méchant.

En tout cas, il n'a pas sorti ses grosses griffes. Son attitude plutôt conciliante n'excuse pas son geste ; il a tout de même enlevé une personne pour se venger.

Zack reste confiant. Après avoir mangé, il essaiera de dormir, en dépit de sa condition et du stress engendré par sa captivité. Malgré tout, il est presque convaincu que son ravisseur dit vrai quand il affirme qu'il ne lui veut pas de mal. Mais pourquoi vouloir à ce point gagner une partie de hockey ? se demande le garçon. Et pour prendre sa revanche sur qui ? Et lui, Zack Laflamme, que vient-il faire dans toute cette histoire ? C'est à n'y rien comprendre ! Cependant, il est sûr d'une chose : les Requins vont gagner, avec ou sans lui... Et le capitaine, même pris en otage, usera de tout son pouvoir pour que ce soit avec lui !

Sa longue journée se termine sur ces réflexions. Zack s'endort d'épuisement, malgré sa position inconfortable. Il rêve de sa victoire du lendemain.

Chapitre 14

Quelques développements...

Éric et Jean-Roch arrivent au dépanneur quelques minutes plus tard. Mario les attend dans le stationnement. Il sort immédiatement de sa voiture.

L'entraîneur des Requins fait part à Éric de son entretien avec le commis du dépanneur. Immédiatement après, l'enquêteur entre dans le commerce, suivi de ses deux alliés.

— Bonsoir. Éric Laflamme, chef de police, dit-il en tendant sa plaque. J'ai quelques questions à vous poser.

Avant même qu'il ait le temps d'ouvrir la bouche pour commencer son interrogatoire, Éric est assailli par le flot de paroles qui émerge de la bouche du jeune préposé.

— Oui, j'ai servi Carl Arsenault ce soir, déclare le commis. Comme je l'ai mentionné à l'entraîneur des Requins un peu plus tôt, je n'en revenais pas de les voir tous les deux la même soirée, à quelques heures d'intervalle. Surtout avant le match de demain ! D'ailleurs, j'ai acheté des billets avec les copains. Carl a pris de la bouffe pour deux ou il mange comme un orignal ! Il devait sûrement y avoir une autre personne avec lui, parce que tout était en double. Ah oui ! Le coach conduisait un VUS de couleur foncée, mais je ne n'en sais pas plus. Il faisait noir, vous voyez. C'est tout, je pense...

— Dans quelle direction est-il parti, mon garçon ? demande Éric, surpris d'obtenir autant de précisions de la part d'un témoin.

— Vers le nord.

— Y avait-il quelqu'un d'autre dans la voiture ?

— Je n'ai vu personne, mais comme je vous dis...

— Merci, jeune homme !

— Pas de problème, détective. Monsieur Bélanger, bon match demain !

— Merci bien ! Nous nous verrons sûrement à l'aréna.

Au même moment, le téléphone cellulaire d'Éric sonne. Son afficheur indique qu'il s'agit de Marc. Il répond immédiatement.

— Marc, ça va ?

— Je ne sais pas. Je pense que oui. Je...

— Qu'est-ce qui se passe ? demande Éric.

— Zack vient de téléphoner. J'ai enregistré la conversation sur le répondeur. Il a l'air bien...

— Génial, petit frère ! Écoute la bande avec Nathan pour vérifier si vous y décelez des indices. De notre côté, nous avons récolté un peu d'information. Je dois confirmer tout ça. Nous retournons tout de suite à la maison. Nous y serons dans quelques minutes.

Éric raccroche. Il réfléchit à une vitesse folle. Il doit examiner certaines hypothèses avec Louis, son collègue. Si Arsenault est à Rocketville, il doit bien se terrer quelque part. Il faut trouver cet endroit.

— Papa, tu peux conduire, s'il te plaît ?

— Bien sûr, fiston, répond Jean-Roch.

— Mario, on se retrouve chez Marc le plus rapidement possible. Allons-y ! En voiture !

Éric discute avec son collègue pendant une bonne partie du trajet. Il espère obtenir des informations au sujet du présumé ravisseur. Il lui transmet les derniers éléments recueillis et remercie son ex-équipier avant de raccrocher. Il se tourne vers son père.

— Cesse de te tourmenter, papa. Ce terrible cauchemar se terminera bientôt. Louis continue les recherches et nous communiquera tout ce qui pourrait nous être utile. Nous serons prêts à mobiliser une équipe si nécessaire. En plus, cet homme n'a pas de casier judiciaire. C'est rassurant.

— Avec toi, nous sommes entre bonnes mains, fiston. Je ne m'inquiète pas outre mesure, mais j'ai quand même hâte que toute cette histoire soit terminée.

— Moi aussi. Imagine Marc, Hélène et surtout Zack ! poursuit Éric.

— C'est un petit garçon fort et très brillant, déclare le grand-père. Il passera à travers cette épreuve. J'en suis sûr.

Une trentaine de minutes plus tard, toute l'équipe se retrouve chez les Laflamme. Bien évidemment, Marc et Nathan ont écouté l'enregistrement et ils ont formulé quelques hypothèses qu'ils sont impatients de partager avec les autres.

En premier lieu, tous écoutent l'enregistrement du dernier appel de Zack. Un silence de mort règne dans la pièce. Tout le monde est attentif au moindre détail. La conversation entre Zack et Marc terminée, Nathan prend la parole.

— Je peux? demande-t-il en se tournant vers son oncle Marc.

— Oui, Nathan, vas-y! Tu es le seul à avoir décodé le message. Heureusement que tu es là!

— Bon! C'est la deuxième fois que Zack parle de sa DS avec insistance.

— Oui, il me semble qu'en pareilles circonstances, il pourrait parler d'autre chose, ajoute Marc.

— Pas sûr ! Nous n'avons pas de jeu de hockey sur la DS, ni lui ni moi, donc Zack n'a aucune partie à terminer avec moi.

— Alors, quel est le rapport ? demandent en chœur Éric et Jean-Roch.

— Je n'arrive pas à comprendre. D'après moi, la DS est un élément important, mais je n'ai pas encore saisi pourquoi.

— Prends le temps de réfléchir, Nathan...

— Attendez ! Je sais ! Le PictoChat ! Ça doit être ça !

— Le Picto quoi ? demandent cette fois Marc, Mario, Éric et Jean-Roch en chœur.

— Le PictoChat ! C'est une fonctionnalité sur la Nintendo. Je n'y ai pas pensé auparavant parce que c'est plus un truc de filles. Les utilisateurs peuvent s'écrire des messages, mais il faut être à une distance raisonnable pour communiquer avec quelqu'un.

— Zack a forcément sa DS en sa possession, dit à son tour Mario. C'est pour la reprendre qu'il est redescendu au vestiaire.

— C'est vrai! crie Nathan. Il allait la chercher. S'il prend la peine d'en parler, c'est que la DS joue un rôle déterminant. Sinon, ça ne voudrait rien dire.

— Est-ce que plusieurs enfants ont des DS? demande Jean-Roch.

À sa grande surprise, tous les regards se tournent vers lui.

— Papa, la majorité des enfants en ont une! Du moins, à l'école de Zack, précise Marc.

Éric regarde sa montre : bientôt vingt-deux heures. En dépit de l'heure tardive, le chef de police et ses quatre détectives décident d'appeler les parents de tous les joueurs de l'équipe. Les Laflamme vont avoir besoin de renforts pour sauver Zack. Et chacun devra être mis à contribution.

Mario se charge de parler aux parents de chacun des joueurs. Il leur explique brièvement la situation et les invite chez Zack pour une rencontre spéciale d'avant-match. Il leur en apprendra davantage le lendemain matin. Mais surtout, il leur demande d'apporter la DS de leur enfant.

Pendant que Mario fait ses appels, Éric en reçoit un. Il s'éloigne afin de s'isoler du reste du groupe. L'appel semble important. Pendant ce temps, Marc et Jean-Roch conseillent à Nathan de se coucher. Le jeune garçon a besoin de sommeil pour être en forme le lendemain. Il a eu son lot de soucis pour la journée et il est temps qu'il se repose. Son père viendra le voir tout de suite après avoir terminé son appel.

Chapitre 15

Recherches infructueuses

Éric raccroche au bout de quelques minutes. Il vient d'apprendre de nouveaux détails. Il attend que Mario ait terminé ses appels avant de lui en faire part. L'entraîneur des Requins lui fait signe d'attendre quelques instants.

— C'est bon, dit Mario. Tout le monde sera présent demain matin. L'équipe au grand complet sera ici à onze heures. Ça nous donnera suffisamment de temps pour être à l'aréna dès quatorze heures. Tous les enfants apporteront leur DS. Ça vous va?

— C'est parfait! Quant à moi, je viens de parler à Louis et j'ai quelques adresses à vérifier. Il semble qu'Arsenault ait de la famille à Rocketville. Ce qui nous fait d'autres repaires potentiels.

— Je viens avec toi, Éric.

— Non, papa ; ni toi ni personne d'autre. De toute façon, je dois rejoindre Louis. Nous allons y aller ensemble. Je vais fermer le cellulaire pour plus de discrétion. C'est moi qui vous téléphonerai. Soyez sans inquiétude, tout se passera bien. Couchez-vous et reposez-vous. Vous en avez tous besoin. Mario, tu vas chez toi ou tu restes ici ?

— Je vais aller chez moi. Je serai ici vers neuf heures trente demain matin.

Sur ces paroles, Éric et Mario quittent la maison. Tout le monde se dit au revoir avant de partir chacun de son côté.

Éric se rend à l'église, l'endroit où il a convenu de rencontrer son ami Louis, qui le rejoint presque immédiatement.

Éric et Louis ont tenu compte de deux indices importants : Zack a entendu les cloches de l'église sonner, et Arsenault a été vu au dépanneur, non loin du chalet où ils se rendent. Selon leurs renseignements, celui-ci est situé sur la route du lac Caribou, et il appartient à la famille de l'entraîneur des Tigres. L'un des deux embranchements conduit à un plus petit lac, près duquel la maison de campagne est située. C'est à cet endroit qu'ils décident de commencer leurs recherches. Ils envisageront les autres possibilités plus tard, si nécessaire.

Ils montent à bord du véhicule d'Éric pour s'y rendre.

Une vingtaine de minutes plus tard, ils arrivent à l'embranchement de la petite route secondaire. Des traces de pneus sont visibles, malgré la neige qui commence à tomber. Ils suivent ces traces pour finalement constater qu'elles ne mènent pas à l'adresse indiquée. Ils s'y rendent tout de même ; tout est calme. Il n'y a personne.

Pendant ce temps, au chalet, Carl regarde la neige tomber. Il espère qu'Éric n'a pas mis toute la police du comté à sa recherche. Après tout, il a laissé Zack parler à son père. Donc, son ennemi sait que son fils va bien. Malgré tout, l'entraîneur des Tigres se sent en sécurité. Personne ne devrait penser à le chercher dans ce chalet. De toute façon, la nuit tombe et demain arrivera assez vite. Vaut mieux se reposer. Les Tigres ont un match à gagner !

Chapitre 16

Une réunion d'équipe

Une longue nuit d'attente s'est enfin écoulée. À Rocketville, toutes les personnes concernées par la disparition de Zack sont déjà à l'œuvre.

Hélène, les yeux gonflés par les larmes, téléphone à la maison pour prendre des nouvelles dès six heures. Elle et Sandra n'ont pas dormi de la nuit. Seule Zoé semble en forme et toujours aussi tapageuse. Marc lui explique leur plan pour retrouver Zack. Hélène assistera à la réunion d'équipe. Zoé restera avec Sandra.

Éric est rentré tard, l'air désappointé. Ses recherches ont été infructueuses. Son père l'attendait. Ils ont discuté une partie de la nuit et ont trouvé le sommeil aux alentours de quatre heures. Ils sont fatigués, mais ils sont déterminés à retrouver Zack.

Nathan, pour sa part, a immédiatement sombré dans un profond sommeil.

Il se lève reposé, mais inquiet pour son cousin. Après une brève conversation avec son père, il se sent très fébrile à l'idée de participer à un plan de sauvetage digne d'un film d'action hollywoodien.

Comme prévu, Hélène fait son entrée à neuf heures trente, un peu avant Mario. Elle se jette immédiatement dans les bras de Marc. Les deux se retirent quelques instants dans la pièce voisine. Ils doivent se parler.

Vers dix heures trente, les joueurs, accompagnés de leurs parents, commencent à arriver chez les Laflamme. Tous ignorent la raison officielle de la réunion chez Marc. De plus, tout le monde se demande où peut bien être Zack. Dès qu'ils sont tous là, Mario, en tant qu'entraîneur des Requins, prend la parole.

— Je remercie tout le monde d'être venu. C'est inhabituel de convoquer une réunion d'avant-match de manière aussi imprévue, mais nous n'avions pas le choix. Nous allons avoir besoin de vous, les amis, dit-il en s'adressant à ses joueurs. Je vous invite à écouter Éric Laflamme, le père de

Nathan. Il désire vous transmettre des informations importantes.

— Merci, Mario. Hier, après le match, Zack a disparu.

Plusieurs voix s'élèvent du groupe, composé de parents et de joueurs.

— Oui, disparu, dit-il en pressant ses deux mains l'une contre l'autre. Un individu nous a laissé un message. Par contre, nous avons pu parler à Zack et il va bien. Nous avons une piste et vérifions plusieurs hypothèses pour l'instant. Mais pour réussir, nous avons besoin de votre aide. Nathan, mon garçon, veux-tu leur expliquer ce que nous attendons d'eux, s'il te plaît ?

— Oui, papa ! Les amis, au téléphone, Zack a parlé plusieurs fois de sa DS. Il a raconté une histoire abracadabrante, mais affirme qu'il sera présent à la partie de hockey contre les Tigres de Sablon. D'après ses conversations, nous croyons qu'il a en sa possession sa DS. Ce qui nous permettrait de communiquer avec lui.

— Comment allons-nous faire ça, Nathan ? demande Laurier.

— Avec le PictoChat!

— Le truc qui nous permet de nous écrire? demande à son tour Joey.

— Exactement! dit Nathan. Si nous apportons tous nos DS à l'aréna, grâce à cette fonctionnalité, Zack devrait être en mesure de communiquer avec l'un de nous.

— Mais c'est impossible de l'avoir tout le temps avec nous, la DS! Va falloir s'habiller pour le match, dit William.

— C'est justement la raison pour laquelle nous avons demandé à vos parents de vous accompagner, les garçons, répond Éric. Nous avons tous besoin d'un cours pour utiliser le PictoChat. Vous nous expliquez le fonctionnement de l'appareil et nous nous occupons du reste, pendant que vous vous concentrez sur le match.

— Mais comment pouvons-nous nous concentrer sur le match, alors que Zack a disparu? demande encore Laurier.

— Oui, dit Joey, ce sera difficile!

Alors que Mario s'apprête à répondre, Nathan se lève pour parler à son équipe.

— Nous devons tout faire pour gagner la partie ! Zack va sûrement se présenter à l'aréna. Nous allons le retrouver et il jouera le dernier match. Et s'il n'est pas là, nous agirons comme s'il était malade, rien de plus, rien de moins. Nous allons nous défoncer à patiner et à marquer des buts. C'est tout. D'une manière ou d'une autre, Zack voudrait que notre équipe gagne. C'est notre tournoi, notre aréna...

— Et notre victoire, crie Joey en levant un bras vers le ciel.

— Notre victoire ! scande alors l'équipe en chœur.

Tout le monde se met aussitôt au travail. Les enfants enseignent les rudiments du PictoChat à leurs parents qui, heureusement, comprennent rapidement les consignes. Les nouveaux clavardeurs *pictochattent* à qui mieux mieux pendant près d'une heure. Quand tout le monde maîtrise bien l'appareil, on se quitte pour l'heure du dîner. Toute l'équipe se retrouvera à l'aréna dès treize heures, ce qui permettra de faire quelques recherches pour retrouver Zack.

Quand tout le monde est parti, Marc, Hélène, Éric, Nathan, Jean-Roch et Mario restent seuls. Le plan commence à se mettre en branle. Zack doit pouvoir entrer en contact avec quelqu'un, via sa DS.

Le cellulaire d'Éric sonne. Il répond immédiatement. Sa conversation cesse après quelques secondes.

— Louis a du nouveau. Il a trouvé l'adresse d'un chalet où pourrait se terrer Arsenault. Je m'y rends tout de suite. Je le rejoins là-bas. Hélène, tu peux donner des nouvelles à Sandra, s'il te plaît?

— Certainement, Éric. Dis, crois-tu pouvoir retrouver Zack?

— Ne t'inquiète pas, Hélène, nous allons le retrouver. Allez à l'aréna le plus vite possible et commencez à en fouiller tous les recoins. Restons en contact. Tout ira bien. Et n'oubliez pas l'équipement de Zack!

Chapitre 17

Le repaire de Carl

Au chalet, Carl réveille Zack très tôt. Ils doivent se remuer. Il a prévu un autre arrêt pour lui et son otage avant le match. Rester au même endroit trop longtemps s'avère imprudent et pourrait faire échouer le projet. Il se propose de cacher Zack quelque part dans l'aréna pour la durée de la partie, puis de le libérer tout de suite après. Le reste n'aura plus aucune importance. Le tournoi sera fini...

Dès qu'il réveille le capitaine des Requins, Carl lui prépare une tartine à la table de la cuisine. Il force Zack à manger. L'homme lui ligote ensuite les mains. Pendant que l'entraîneur serre ses liens, Zack pense à bander ses poignets le plus possible. Assis sur la chaise, il sent la DS dans sa poche arrière. Son ravisseur lui ligote ensuite les pieds, puis approche le sac de hockey du jeune homme, auquel il donne le choix :

— Tu y retournes sagement ou je devrai utiliser la manière forte, dit-il.

Zack se résigne à y entrer de son plein gré. En remontant la fermeture éclair du sac, Carl ajoute simplement :

— L'aventure s'achève, mon homme. Ce soir, tu retrouveras tes parents et ta petite sœur. Je te demande de rester patient jusqu'à la fin du match.

— Et si je veux me sauver, si je crie ?

— Ça m'étonnerait, répond Carl en approchant le ruban adhésif de la bouche de Zack. Ça m'étonnerait beaucoup.

Une fois son otage installé dans le coffre arrière de son véhicule, Carl recouvre la poche d'une vieille bâche en plastique bleu.

— Allez, reste tranquille. Nous allons nous promener un petit peu. N'essaie même pas de te sauver ; de toute façon, tu ne réussiras pas. Nous nous comprenons ?

Zack marmonne un « oui » malgré le ruban adhésif qui lui recouvre la bouche. La portière se referme et la voiture démarre. Le garçon n'a aucune idée de la direction qu'ils ont prise. Il garde son calme et tente de desserrer ses liens. Ses efforts de la veille lui auront au moins permis d'aiguiser sa patience et d'acquérir un peu d'expérience dans l'art de l'évasion. Les joueurs s'affronteront à quinze heures, et la réunion d'avant-match aura lieu à quatorze heures. Zack espère prendre part au match et le gagner! Son ravisseur doit également être à l'aréna pour quatorze heures. Après tout, il a un match à disputer lui aussi. *Et dire qu'il croit qu'il va le gagner!* se dit Zack.

Pendant ce temps, Éric et Louis arrivent tout près du chalet de l'ex-femme de Carl Arsenault. Louis a préalablement vérifié et madame effectue un long voyage à l'étranger. Ils sont divorcés depuis deux ans déjà. Coup de chance pour Arsenault, il n'a jamais pensé rendre les clés de la propriété à son ex-femme. Puisqu'ils sont demeurés en bons termes, elle n'a pas cru bon de les lui demander. Les deux policiers estiment donc possible que Zack soit enfermé dans ce chalet.

En arrivant sur les lieux, Éric remarque des traces de pneus dans la neige, mais aucun véhicule ne se trouve dans les environs. D'un commun accord, les deux hommes décident de s'approcher des lieux. Arsenault n'est pas là, mais peut-être que Zack s'y trouve. En regardant par les fenêtres, les deux policiers observent la cuisine. Des bouts de cordes jonchent le sol, des restes de repas traînent sur la table, ainsi qu'un énorme couteau. Aucune trace de lutte n'est apparente ; du moins, Éric n'en voit pas. Il se sent soulagé.

— Ils sont partis.

— Je sais, mais ils y étaient, dit Éric en enfonçant la porte d'un coup d'épaule.

Puis, prenant un bout de sandwich dans ses mains, il poursuit...

— Et il n'y a pas si longtemps.

— Où te cacherais-tu si tu avais un garçon de dix ans en otage ? demande Louis.

— Je ne sais pas où je serais à cet instant précis, mais je suis sûr d'une chose : il faudrait que je sois à l'aréna à quatorze heures pour le caucus d'avant-match avec mon équipe.

— Alors, s'il veut avoir le temps de cacher Zack, poursuit Louis, il doit absolument s'y rendre avant. Quel est le meilleur moment ?

— L'heure du dîner, je dirais. Il y a moins de monde et les corridors sont plus déserts. Quelle heure est-il ? demande Éric.

— Il est presque midi. Il faut se dépêcher.

— En voiture ! Je vérifie si mon frère se trouve déjà sur place. Hélène et lui pourront commencer les recherches. Je demande aussi à l'entraîneur des Requins d'aviser immédiatement l'équipe de se rendre sur place avec leurs DS.

— Oui, le PictoChat ! dit Louis en souriant. Ma fille en raffole ! C'est une bonne idée !

Chapitre 18

À la recherche de Zack

Tout le monde se rencontre à l'aréna aux alentours de midi. Tous les coéquipiers de Zack ont tenu à participer aux recherches pour retrouver leur capitaine, mais surtout leur ami. Leurs parents les accompagnent. Marc et Hélène apprécient leur aide. Sandra arrive également avec Zoé. Jean-Roch discute avec Mario, près de l'entrée de l'aréna, surveillant du coin de l'œil l'arrivée d'Éric et de Louis. Ils viennent de se parler au téléphone. Ils ne sauraient tarder. Ils arrivent finalement quelques minutes plus tard.

Toutes les personnes concernées se regroupent près des tables du casse-croûte. Éric prend la parole.

— Merci à tous d'être là. Nous savons que Zack est avec Carl Arsenault.

— L'entraîneur des Tigres ? demande un parent.

— Exactement!

— Pourquoi? lâche quelqu'un.

— Nous l'ignorons encore, mais nous devrions avoir une réponse à notre question sous peu. Louis et moi avons trouvé le repaire d'Arsenault.

— Quoi? crie Hélène. Et où est Zack?

— Le chalet était vide, répond Éric en regardant son frère et sa belle-sœur. Mais tout nous laisse croire que Zack va bien. Nous sommes d'ailleurs presque certains qu'il est déjà dans l'aréna, caché quelque part, ou pas très loin d'ici.

— Pourquoi en êtes-vous si sûr, monsieur Laflamme? demande Laurier.

— Parce que Carl Arsenault entraîne l'équipe adverse, mon homme! Si vous devez être ici à quatorze heures, eh bien! lui aussi!

— Selon nous, déclare Louis, l'entraîneur doit le cacher avant de rencontrer ses joueurs. Durant l'heure du dîner, l'aréna est moins achalandé, ce qui lui facilitera la tâche. C'est l'hypothèse la plus probable.

Tous les joueurs écoutent attentivement Louis. Certains acquiescent d'un hochement de tête.

— Donc, messieurs, c'est le moment. Ouvrez vos DS et passez en mode PictoChat ! poursuit Éric.

**

Aux alentours de onze heures trente, Carl circule près de l'aréna. Il se promène un peu dans les environs, afin de s'assurer que la voie est libre. Selon lui, le meilleur endroit pour enfermer Zack est sans aucun doute le lieu où se trouve la resurfaceuse. Il contourne donc l'édifice pour garer son VUS près de la sortie de neige de l'engin. Personne à l'horizon.

Il se stationne et va tout de suite inspecter la porte, laquelle est déverrouillée. Il n'y a pas âme qui vive. Il remarque que la glace a déjà été refaite, ce qui lui accorde un répit jusqu'à la fin de la deuxième période, au moment ou la resurfaceuse repassera sur la glace. Carl bénéficiera d'au moins trois bonnes heures pour réfléchir à la manière de restituer Zack à sa famille.

Il retourne d'un pas décidé vers son véhicule, ouvre la portière, se penche par-dessus le siège avant et ouvre le coffre à gant, duquel il sort la bouteille de chloroforme. Cette fois, il ne courra pas de risques. Il doublera la dose.

Il ouvre la portière arrière et soulève la bâche de plastique. Il entrouvre la fermeture éclair. Zack plisse les yeux, ébloui par la clarté du jour.

— Nous y sommes, mon homme! Le match commence tantôt, mais toi, tu vas faire un beau dodo. Tu pourras rêver de la finale, au lieu de jouer.

Carl appuie fermement le morceau de tissu imbibé d'une grande quantité de chloroforme sur le visage du capitaine des Requins.

— Dans tes rêves, ajoute-t-il, tu peux gagner autant de matchs que tu veux...

Voyant le mouchoir approcher de son nez, Zack prend une bonne bouffée d'air frais. Tout le temps que l'entraîneur des Tigres maintient le mouchoir sur son visage, Zack retient sa respiration. Il ne veut pas inhaler en grande quantité, de peur de sombrer dans le sommeil. Au bout de quelques secondes, Arsenault lâche prise et retire le tissu. Zack laisse aller mollement son corps et feint de tomber endormi. L'entraîneur, satisfait, referme la fermeture éclair.

De nouveau dans l'obscurité, le capitaine des Requins ouvre un œil, puis l'autre. Il respire le plus discrètement possible afin de ne pas éveiller les soupçons de son ravisseur.

Carl Arsenault le soulève et le jette sur son épaule. L'entraîneur se rend à l'intérieur de l'aréna. Il dépose la poche et son contenu sur le sol. Zack entend des bruits métalliques, mais ne saurait dire de quoi il s'agit. Au bout d'un instant, il est de nouveau soulevé, puis déposé dans un endroit très inconfortable et plutôt froid. Puis, ce qui semble être un couvercle se referme sur lui et il se retrouve plongé dans la noirceur totale. Quelques secondes plus tard, Zack entend la porte s'ouvrir, puis se refermer, et c'est le silence absolu.

Il attend quelques minutes afin de s'assurer que Carl Arsenault a bien quitté les lieux, avant de recommencer à respirer normalement. Il arrive déjà à bouger légèrement ses poignets. Malgré sa position inconfortable, Zack se démène pour se défaire de ses liens. Cette fois, au bout d'une trentaine de minutes, ils se desserrent peu à peu. Il n'a aucune idée de l'heure qu'il est, mais il faut faire vite s'il veut passer son message via le Pictochat. Il s'acharne encore et encore, oubliant la douleur qu'il éprouve aux poignets. Oui, il aura mal s'il arrive à jouer, mais au moins, il jouera. Et, de toute façon, son père lui apporte son équipement particulier. Ça lui facilitera la tâche sur la glace.

***

Dans l'aréna, les activités ont commencé. Tout le monde explore chaque recoin, pendant que les joueurs des Requins s'occupent de vérifier les messages qu'ils reçoivent sur la DS. Certains parents ont même été délégués pour effectuer quelques recherches dans les environs. S'ils retrouvent Zack, ils joindront Éric sur son cellulaire. Toujours rien et il reste à peine une heure aux joueurs pour chercher leur ami. Louis, le collègue d'Éric, prend contact avec le service de police local pour avoir des renforts. Il explique rapidement le cas aux policiers du coin. Une équipe sera dépêchée sur les lieux d'ici peu, lui assure-t-on.

Carl Arsenault, quant à lui, a stationné son véhicule plus loin sur la rue et il s'est rendu, sans être vu, jusqu'au vestiaire où il demeure caché. Dans les corridors, il entend les autres qui cherchent Zack partout. Un sourire de satisfaction se dessine sur son visage. Il se perd dans ses pensées, se revoit à Rocketville, quand il était enfant.

Il s'enfuit en courant, pendant que Marc Laflamme hurle quelque chose, sans doute des insultes, derrière lui. Ses chevilles lui font mal à force de courir. Il voudrait tellement être comme les autres. Son cœur se serre dans sa poitrine.

Ses réflexions sont interrompues par des coups martelés sur la porte.

— Ouvrez, s'il vous plaît! demande Marc, le père de Zack, qui se tient à l'extérieur du vestiaire. Il y a quelqu'un?

Ne sachant que faire, Carl reste immobile quelques instants. Il réfléchit un peu et se dit qu'il devra éventuellement affronter la foule, de toute façon.

— Un instant. J'arrive.

Il sort son cahier de notes et l'ouvre, comme si un intrus venait le déranger durant son travail. Il prend une profonde inspiration, se dirige vers la porte, la déverrouille et laisse entrer le visiteur. Il est étonné de voir Marc Laflamme lui-même entrer dans la chambre, suivi de son épouse.

— Vous ! rugit Marc.

— Qu'avez-vous avez fait de mon fils ? hurle à son tour Hélène.

Les cris ameutent immédiatement Éric et les autres chercheurs. Ils accourent tous et se placent derrière Marc et Hélène.

— Qu'est-ce qui vous prend ? demande Carl, tentant de jouer la comédie. Quoi, votre fils ?

— Hélène, Marc, qu'est-ce...

Éric laisse sa phrase en suspens lorsqu'il aperçoit Arsenault. Immédiatement, il sort son cellulaire et communique avec Louis. Il demande ensuite à son frère et à sa femme de quitter le vestiaire.

— Pourquoi ? demande Hélène.

— Parce qu'il le faut, lui répond Éric.

Marc acquiesce d'un hochement de tête.

— Viens, Hélène, laissons-le faire son travail. Il réussira plus facilement que nous à le faire parler.

Tout le monde quitte le vestiaire de l'équipe, au moment ou Louis arrive sur les lieux. Seuls avec le présumé ravisseur, les deux enquêteurs l'interrogent.

**

De son côté, Zack continue de s'acharner sur ses liens. Après une heure de travail, il y arrive enfin ! Ses liens se sont suffisamment desserrés pour lui permettre de mouvoir ses poignets. Il cherche sa DS du bout des doigts. Il arrive à la sortir de sa poche. Malgré ses mains qui tremblent de fatigue, il réussit à l'ouvrir. La faible lueur projetée par l'écran tactile de la DS l'aide tout de même à sélectionner au hasard l'une des salles de clavardage du PictoChat. À l'aide de l'ongle de son index, il griffonne trois lettres qu'il connaît depuis qu'il est tout petit : « S. O. S. » *Mon message sera-t-il lisible pour mes amis ?* se demande Zack. Il écrit finalement deux autres mots : « froid aréna ».

Zack relâche la DS, qui reste tout près, retenue par les plis de son manteau d'hiver. Après tous ses efforts et sa très courte nuit de sommeil, Zack se sent fatigué et en colère. Tenaillé par le froid et la faim, le temps lui semble si long. Il se repose quelques instants et tente de nouveau de défaire ses liens. Quand réussira-t-il à se libérer ? Jusqu'à maintenant, tout allait si bien !

***

Dans l'aréna, William reçoit un message sur sa DS. Il s'écrie :

— J'ai reçu un message !

Ses parents se retournent, en même temps que Mario, son entraîneur.

— De qui ? demande Mario.

— J'en ai reçu un aussi ! crie Joey, qui accourt vers son ami.

— Ça ressemble à un S. O. S. ? demande Will.

— On dirait, oui ! répond son ami.

— Vite, il faut rejoindre Éric ! lance Jean-Roch en se dirigeant vers William et Joey.

Moins de deux minutes plus tard, Jean-Roch, suivi des enfants et de plusieurs autres, dévale les escaliers jusqu'au vestiaire des Tigres. L'aréna est bondé et tout le monde a l'air de se demander ce qui se passe.

Alors qu'il s'apprête à entrer dans le vestiaire, William et Joey crient encore, mais plus fort que la première fois.

— Un autre message! disent-ils en chœur.

— Et qui dit? demande Marc en s'approchant.

— « Froid et aréna », répond William.

— Il est ici! s'écrie Hélène, incapable de retenir un cri.

— « Froid et aréna », répète Éric, qui ouvre la porte sur ces entrefaites.

— Il doit s'agir de l'endroit où l'on range la resurfaceuse, lance Jean-Roch. C'est l'emplacement le plus froid de l'aréna.

— Génial, papa! L'endroit où elle est remisée donne directement sur l'extérieur en plus! Allons-y. Louis, reste avec Arsenault et continue de le cuisiner...

— Avec plaisir, mon ami!

Tout le monde s'élance en direction de la Zamboni; Hélène, Marc, Éric et Jean-Roch passent devant.

Chapitre 19

Le retour de Zack!

Les portes du garage où l'on range la resurfaceuse volent presque dans les airs lorsque tout le monde se précipite à l'intérieur de celui-ci. Éric demande le silence le plus complet. Il fait signe à Hélène.

— Zack?

— Zack, mon gars, es-tu là? demande à son tour Marc.

— Zack, réponds! fait sa mère.

Le garçon entend la voix angoissée de ses parents. Dans son sac de hockey, il se débat pour essayer de frapper sur la paroi de métal. Il y arrive après bien des efforts. Tous perçoivent deux coups sourds en provenance de la resurfaceuse. Au bout de quelques secondes, Zack entend un bruit métallique et l'atmosphère se fait moins suffocante. L'air frais se faufile à l'intérieur de la poche de hockey. Puis, la fermeture

éclair s'ouvre, et les visages de son père et de sa mère apparaissent.

Hélène ne peut retenir ses larmes en voyant son fils. Marc laisse également libre cours à celles qu'il retient depuis hier.

Hélène se déplace sur le côté et laisse Marc et Éric sortir le garçon de la benne du véhicule. Ils lui enlèvent ensuite le morceau de ruban adhésif collé sur sa bouche et défont ses liens. Zack se jette dans les bras de ses parents, heureux d'avoir été retrouvé avant son match.

Les yeux humides, il répond ensuite aux questions de son oncle Éric. Il confirme avoir été retenu par Carl Arsenault et répète les propos de son ravisseur. Le policier quitte les lieux pour arrêter l'entraîneur des Tigres.

Zack se retourne ensuite vers ses coéquipiers et les autres personnes présentes.

— Merci de ne pas m'avoir abandonné et de m'avoir cherché! Les gars, nous avons un match à gagner! Papa, peux-tu m'acheter quelque chose à manger?

— Tout ce que tu veux, mon garçon, répond Marc en ébouriffant les cheveux de son fils.

— Jus de raisin pour tout le monde! crie Zack.

— Zack! Zack! Zack! scandent en chœur les coéquipiers.

— Tous au casse-croûte! reprend le jeune rescapé.

Et tous les joueurs s'y précipitent, comme si de rien n'était, comme si le capitaine de l'équipe n'avait jamais disparu. Nathan se rapproche de son cousin.

— Brillant, le coup des Frosted Flakes et de la DS, Zack!

— Génial d'avoir compris le message! Nathan.

— Et pour les cloches, faudra que tu remercies Mario.

— Tu m'y feras penser. Papa, dit Zack en se tournant vers lui, as-tu apporté mon équipement?

— Tout est dans l'auto, fiston. Ne t'en fais pas.

— Je m'attends à un match du tonnerre, lance son grand-père en souriant, une lueur d'espoir dans les yeux.

— Ce sera tout un match, grand-papa! répond Zack.

— Tu es certain d'être en forme pour jouer, Zack? demande Hélène.

— Comme jamais, maman! Je te jure! Je vais jouer la meilleure partie de ma vie. J'en fais une affaire personnelle. Papa, sais-tu où se trouve oncle Éric?

— Sûrement en train d'arrêter Arsenault. Il ne pouvait pas le faire tant qu'il ne t'avait pas retrouvé. Nous n'avions pas suffisamment de preuves, juste tes messages.

— Tu peux l'appeler? Je veux lui parler.

— Maintenant?

— Oui, papa.

Tous arrivent au casse-croûte, au moment où Zack prend le téléphone que lui tend son père.

— Marc?

— Non! C'est moi, Zack. Est-ce que vous l'avez arrêté?

— Oui, les policiers viennent d'arriver et nous l'emmenons au poste pour l'interroger.

— Est-ce que je peux te demander une faveur, si c'est possible? demande Zack.

— Qu'est-ce que tu veux, mon garçon?

— Est-ce que Carl pourrait assister au match? Je veux dire, avant d'être emmené au poste.

— Je ne crois pas, Zack, répond Éric.

Puis, au bout d'un instant, il se ravise.

— Arsenault va assister à votre victoire du poste de police, entouré de policiers. Comme par hasard, le volume de la radio sera à son plus fort. Il apprendra le résultat aux nouvelles. Qu'il le veuille ou non. Autre chose?

— Non. Merci, mon oncle. Merci beaucoup! dit Zack en raccrochant.

— Attendez quelques minutes afin d'éviter la foule, puis emmenez-le au poste, ordonne Éric.

— Je déteste tous les Laflamme, lance Arsenault en se débattant.

Puis, au casse-croûte, les jeunes sont euphoriques :

— Les gars, à nos moustaches de jus de raisin ! s'écrie Zack.

— À nos moustaches, répète l'équipe à l'unisson.

Les joueurs s'empressent de manger, puis à la toute fin, dans l'euphorie la plus totale, ils boivent une gorgée de jus afin d'arborer une belle grosse moustache mauve. Quatorze heures approchent à grands pas ; ils doivent se rendre à la réunion d'équipe. Le match commence dans une heure. Marc apporte à Zack son équipement spécial pendant qu'il dîne. Après, tous les joueurs se dirigent vers le vestiaire, et les parents, eux, s'en vont dans les estrades.

Éric revient s'asseoir aux côtés de Sandra, qu'il enlace tendrement. Il ne l'a pas vue depuis hier et ça lui semble une éternité. Zoé retrouve les bras de sa mère et ne comprend pas pourquoi les spectateurs sont si agités dans l'aréna. Elle remarque pourtant que les garçons sont très drôles avec leur moustache de jus de raisin, ce qui fait s'esclaffer tout le monde. Marc s'approche de son frère.

— Éric, sais-tu pourquoi il a pris Zack en otage? Son geste n'a aucun sens.

— Je l'ignore, Marc. Tout ce qu'il a dit, c'est qu'il déteste tous les Laflamme et il prétend que tout ce qui est arrivé est de notre faute.

— Tous les Laflamme, murmure pour lui-même Jean-Roch, assis à côté de ses fils. Arsenault...

— Je sais! s'écrie Marc en regardant son frère. Je sais qui est cet homme. Éric, ai-je le droit de lui parler?

— Il devrait être encore dans le vestiaire...

Mais Marc ne laisse pas le temps à son frère de finir sa phrase. Il se lève d'un bond et se dirige vers le kidnappeur de son fils, suivi de près par son frère.

— Vous avez vécu ici à Rocketville quand vous étiez petit, est-ce que je me trompe?

Carl ne daigne même pas lever les yeux vers son interlocuteur.

— Pourquoi me détestez-vous? Pourquoi détestez-vous les Laflamme? Et mon fils, que vous a-t-il fait?

— Rien! C'est vous!

— Moi? demande Marc, étonné.

— Oui! Je voulais jouer au hockey avec vous, mais vous m'avez chassé comme un indésirable. Sur le lac...

Marc tente de se souvenir de quel événement Arsenault lui parle. Puis, tout à coup, il se souvient de cet incident.

— Je sais! Vous nous avez demandé de jouer au hockey avec nous et nous avons refusé. Voyons donc! Ce n'est pas une raison suffisante pour kidnapper un enfant!

Quelque chose m'échappe, pense Marc. *Il doit y avoir une autre explication.*

— Vous m'avez insulté, dit-il d'une voix tremblotante.

Carl Arsenault, les yeux rougis par le manque de sommeil, regarde Marc droit dans les yeux. Il se souvient de leur refus, de son sentiment de honte, de sa frustration et de sa grande tristesse.

— Nous ne vous avons pas insulté. J'ai essayé de vous retenir, mais vous vous êtes enfui.

— Et pendant que je m'enfuyais, vous vous moquiez de moi, vous et votre frère. Je voulais prendre ma revanche et vous avez contrecarré mes plans. Je déteste tous les Laflamme de Rocketville. Je déteste cette ville! Emmenez-moi! demande Carl aux policiers assis près de lui.

— Tu finiras de nous raconter ton histoire au poste, lui répond Louis.

— Oui, c'est ce qu'il y a de mieux à faire, dit Marc en retournant à sa place, ne comprenant toujours pas les motivations d'Arsenault. *Décidément*, pense-t-il, *ça ne tourne pas rond chez cet homme.*

Chapitre 20

L'avant-match
de la finale

À deux heures, Mario se réunit avec tous les garçons dans le vestiaire. Il tient à discuter avec ses joueurs. Normalement, on ne parle que de stratégie lors de ce type de réunion, mais l'entraîneur trouve important de revenir sur la mésaventure du capitaine avant le début de la partie.

— Les gars, la journée d'hier a été difficile pour tout le monde, particulièrement pour Zack. Alors, aujourd'hui, je ne vous demanderai pas de vous surpasser. Je vais seulement vous demander de faire de votre mieux. Personne ne nous en voudra de ne pas avoir fourni notre cent pour cent aujourd'hui et...

— Coach, je m'excuse de t'interrompre, mais j'aimerais dire quelques mots, demande Zack.

— Oui, pas de problème.

Zack se lève et se tient debout, face à tous ses coéquipiers. Il les regarde tous les uns après les autres, réfléchissant à son discours.

— Les amis, j'ai connu une journée difficile et je suis fatigué, c'est vrai. Je vais probablement pleurer comme un gros bébé quand je vais me retrouver chez moi, ce soir, avec ma famille. J'ai mal partout parce que j'ai été attaché et que j'ai dormi sur une chaise, mais aujourd'hui, une seule chose compte, c'est de remporter la victoire.

— La victoire ! scandent en chœur tous les joueurs.

— Savez-vous quoi ? Je veux gagner ce tournoi ! Carl Arsenault m'a enlevé pour prendre sa revanche. Maintenant, je veux la mienne, mais sur la glace ! Les gars, voulez-vous m'aider ?

— Nous sommes avec toi ! dit Nathan.

— Sûr ! crient à leur tour William et Laurier.

— Dans ce cas-là, reprend alors Mario, je veux votre cent dix pour cent ! Je veux vous voir jouer comme vous n'avez jamais joué! Ce soir, je veux célébrer notre plus belle victoire!

— Coach, j'ai une dernière demande, si vous permettez.

— Quoi, mon gars? demande Mario.

— Aujourd'hui, si tu veux et si tous les coéquipiers sont d'accord, j'aimerais avoir un peu plus de temps de glace que d'habitude...

— Les gars, dit Mario en se retournant vers ses joueurs, ça vous pose problème?

Étant donné que son cousin portera son équipement spécial, Nathan voit bien où il veut en venir. Il se lève d'un bond.

— Moi, je suis à la défense, je ne devrais pas me préoccuper de l'attaque, mais j'ai quand même mon mot à dire. Si Zack sent qu'il peut jouer un match du tonnerre et compter beaucoup de buts, ajoute-t-il en regardant son cousin du coin de l'œil, je ne vois pas pourquoi ça nous dérangerait.

— Moi, en tant que gardien, je me dis que plus Zack compte de buts, moins j'ai d'ouvrage, reprend Joey. Mes poteaux et moi, nous sommes d'accord pour le temps de glace en plus!

— Ça va faire, les grands discours, poursuit Laurier. Zack, prends toute la glace que tu veux. Cela vous convient-il, les gars ?

— Oui ! répondent les membres de l'équipe.

Tout le monde rit de bon cœur et se lève pour aller serrer la main de leur capitaine. Ils vont tous patiner à fond pour gagner ce match.

Les joueurs s'habillent en discutant de tout et de rien. Personne, mis à part Nathan, ne remarque l'équipement spécial de Zack. Il porte la même chose que d'habitude selon eux. *Ça risque d'être une partie de hockey mémorable !* pense Nathan.

La période d'échauffement va commencer dans quelques minutes et les joueurs s'apprêtent à se rendre sur la glace. Avant de partir, Mario s'adresse une dernière fois à ses joueurs.

— Les amis, tout a commencé ici et c'est ici que ça se termine. Vous êtes prêts ?

Les coéquipiers acquiescent d'un signe de tête.

— Alors, si vous êtes prêts, allons-y !

Mario se tourne vers la porte du vestiaire pour l'ouvrir.

— Deux secondes, coach !

— Oui ?

— Il manque une chose importante pour assurer notre victoire, dit Zack.

— Et c'est ? demande Mario en se retournant.

Il remarque alors que tous ses joueurs sont affublés de leur moustache de jus de raisin. Ça l'amuse beaucoup. Cette fois, ils ont tous l'air complice...

— Rien de bien grave, coach ! répond le capitaine, un sourire narquois sur les lèvres. Nous sommes certains que nous remporterons la victoire.

— Oui, vraiment certains, dit William.

— Il n'y a aucun doute possible dans notre esprit, affirme à son tour Joey.

— C'est sûr que nous gagnerons, affirme aussi Laurier.

— Oui, la chance sera de notre bord, dit Zack en riant de plus belle. Mais il faut que, toi aussi, coach, tu arbores ta propre moustache de jus.

— Mais tu as le choix de la saveur, reprend Laurier. Nous avons du jus de raisin, du jus d'orange et du jus de fraise.

— Et si je veux du jus de pomme? demande Mario en riant.

— Impossible! dit William.

— Et pourquoi?

— La moustache est invisible. C'est raisin, orange ou fraise.

— Je vais y aller avec du jus de raisin. Comme vous.

Les joueurs tendent une bouteille de jus de raisin à Mario et le regardent boire en l'encourageant haut et fort et en scandant son nom. Au bout d'un instant, l'entraîneur pose sa bouteille sur le banc, derrière lui, et se retourne vers ses joueurs. Ils éclatent tous de rire. Il doit avoir une superbe moustache, puisque la réaction de son équipe est instantanée. Il se verra plus tard dans un miroir. Pour l'instant, ils ont une partie à jouer.

Chapitre 21

Une finale
étonnante !

Les joueurs sont autorisés à se rendre sur la glace pour leur traditionnelle période d'échauffement. Chez l'adversaire, les Tigres de Sablon, l'entraîneur adjoint remplace Carl derrière le banc. Lorsque Zack va lui serrer la main, comme tout bon capitaine le fait avant une partie, l'entraîneur adjoint est visiblement mal à l'aise

— J'ai appris ce qui s'est passé, mon garçon. Es-tu sûr de vouloir jouer ton match ? On peut déclarer forfait, ou si tu préfères, remettre la partie. Nous en avons parlé avec les joueurs et...

— C'est gentil, monsieur, mais ça ira. Par contre, je vais jouer comme je n'ai jamais joué ! Ça va être dur pour vous.

— C'est ce qu'on appelle avoir tout un esprit de compétition, ça, mon garçon ! Je ne devrais pas te le dire, continue l'entraîneur adverse, mais je te souhaite un bon match et la victoire de ta vie ! Après tout, nous sommes là pour nous amuser.

— Merci, monsieur, répond Zack. Et bonne partie à vous aussi !

Il s'éloigne de l'entraîneur-adjoint et retourne à son banc. La sirène annonçant le début de la partie va bientôt retentir. Zack s'arrête tout près de la bande, juste en face des estrades où sont assis les partisans des Requins, pour jeter un coup d'œil dans leur direction.

Zack s'éloigne en silence. Sur la glace, seuls Nathan et lui ont une petite idée de ce qui s'en vient. Les joueurs adverses n'ont qu'à bien se tenir, ils vont prendre part à un match extraordinaire, dont on parlera longtemps... Dans les estrades, seuls Marc, Éric et Jean-Roch, les hommes de la famille, ont une idée des prouesses qu'accomplira Zack aujourd'hui. Ils attendent avec impatience le début de la partie.

La sirène se fait entendre et les joueurs prennent place sur la glace. L'arbitre laisse tomber la rondelle. La partie commence.

Première période

Le ton de la rencontre est rapidement donné. Zack gagne la première mise au jeu et fait une passe à Laurier sur sa gauche. Les Requins se mettent en action. Les joueurs échangent la rondelle quelques minutes, puis William s'en empare dans le coin adverse de la patinoire. Il se dirige rapidement vers l'arrière du filet. Il tente de faire une passe à Zack, bien posté près du filet. Malheureusement, la rondelle dévie sur la palette d'un défenseur des Tigres et s'envole. Zack, tel un Mike

Cammalleri, frappe la rondelle en vol et déjoue le gardien en lançant le disque par-dessus son épaule. C'est un but spectaculaire ! Il marque son premier point du match.

Dans les gradins, la foule se lève d'un bond et applaudit les Requins à tout rompre. Zoé souffle aussi fort qu'elle le peut dans sa flûte de plastique. Marc jette un coup d'œil en direction de son père, Jean-Roch, dont le large sourire en dit long.

Sur la glace, le jeu se poursuit. La première période continue. Les Tigres ont une ou deux chances de se présenter en territoire adverse, mais malheureusement pour eux, Nathan et ses copains défenseurs veillent au grain : ils ne laissent rien entrer dans leur zone. Joey, qui regarde le match depuis son filet, commence à trouver le temps long. Il reste tout de même concentré.

Nous sommes à quelques minutes de la fin de la première période. Les Requins, en désavantage numérique, sont talonnés par Les Tigres dans leur zone. Bizarrement, Joey est content, car il va enfin pouvoir être utile à son équipe !

La rondelle glisse dans le coin droit du filet. L'attaquant des Tigres la remet à son défenseur le long de la rampe. Ce dernier tente de refiler le disque à un coéquipier de la défense, mais Zack plonge, étend son bâton et intercepte la passe. La rondelle dévie vers le centre de la glace. Le capitaine des Requins se relève et, rapide comme l'éclair, s'élance en direction de la rondelle qu'il attrape au passage. Il file seul vers le gardien, poursuivi par deux joueurs des Tigres. Son étonnante rapidité les empêche de le suivre. En s'amenant devant le gardien, Zack fait une feinte des épaules vers la droite et manie la rondelle du revers. Il ramène rapidement le disque vers sa gauche et le glisse entre la jambière du gardien et le poteau. Et c'est le but! Son deuxième du match! Quelle échappée! Quel but spectaculaire!

Zack revient au banc pour se reposer.

— Wow! Quel but! s'écrie Laurier.

— Il faudrait que tu te fasses enlever plus souvent, ajoute William pour rigoler.

— Il ne faudrait pas exagérer, les gars! dit Zack en s'assoyant sur le banc des joueurs. Ouf! Je suis content de me reposer un peu.

— Je ne comprends pas pourquoi, lance Mario en lui ébouriffant les cheveux. Beau but, mon gars! Continue comme ça!

— Merci, coach.

— Nous pouvons nous en aller si tu veux, lance un autre joueur, l'air content. Nous pourrions regarder le match avec nos parents.

— Voyons, les gars, reprend l'entraîneur. Zack ne peut pas tout faire tout seul; il a besoin de son équipe.

— Tu as raison, coach! dit Zack.

La première période prend fin quelques instants plus tard. Les Requins mènent deux à zéro. La première période a été enlevante. La suite du match promet de l'être tout autant.

Deuxième période

Les Tigres se retrouvent dans la zone des Requins dès le début de la deuxième période. William intercepte une passe d'un défenseur adverse le long de la rampe. Il remet la rondelle à Zack au centre, qui sort à vive allure de sa zone. Il s'amène en zone neutre. Il jette un coup d'œil autour de lui et aperçoit Laurier qui approche. Zack lui fait une passe croisée. Laurier accepte la passe de son capitaine et laisse la rondelle derrière lui pour William, qui suit le jeu de près. Will poursuit sa montée et remet le disque à Zack au cercle d'engagement adverse, sur la gauche du gardien. Zack effectue un tir sur réception et la rondelle va se loger dans le haut du filet.

C'est un troisième but spectaculaire pour Zack, qui réussit un tour du chapeau. Dans la foule, ses parents sont fous de joie et se jettent dans les bras l'un de l'autre. Hélène pleure, mais elle ne sait pas si c'est de soulagement ou de fierté, ou sinon des deux à la fois. Marc a lui aussi les yeux pleins d'eau. Le bonheur se lit sur son visage.

Sur la glace, les joueurs des Tigres ont la mine basse. Ils ont compris qu'ils ne pourraient pas faire grand-chose pour arrêter un joueur si talentueux. Ils n'en reviennent pas de voir avec quelle dextérité le capitaine des Requins manie la rondelle. C'est presque incroyable! Pour leur part, les joueurs des Requins sont aux anges. La victoire est à leur portée. Zack aura sa revanche. Mario commence à croire au pouvoir de la moustache de jus de raisin...

La deuxième période se poursuit. De belles chances se présentent de chaque côté, mais les défenseurs jouent bien de part et d'autre. Joey continue à trouver le temps long. Il en profite pour apprécier le talent de son capitaine. Il l'a souvent vu bien jouer, mais aujourd'hui, il est ahurissant. On dirait un mini Gretzky ou quelque chose du genre.

À cinq minutes de la fin de la deuxième période, Zack reçoit une passe de l'aile gauche. Il la capte et file à toute allure vers le but adverse. Il est poursuivi par un défenseur. Il tente de couper vers le filet, mais il manque d'espace. Il n'a qu'une solution, le contourner! Le gardien des Tigres tente de suivre le mouvement, mais ne peut revenir à temps. Zack contourne le but et, d'un mouvement rapide, réussit à battre le gardien de vitesse et à faufiler le disque sous sa mitaine. Le gardien est médusé. Il aimerait bien voir la reprise vidéo s'il y en avait une, car il n'a rien vu venir.

Une pluie d'applaudissements et de cris émanent des partisans en délire. Ils acclament haut et fort leur héros de la journée! Jean-Roch, quant à lui, a mal aux joues tellement son sourire, apparu dès les premières secondes du match, lui étire les muscles du visage. Il apprécie le spectacle donné par son petit-fils.

La deuxième période se termine. La prochaine période commencera dans quinze minutes. Il faut refaire la glace. Au moment où les joueurs entrent aux vestiaires, la resurfaceuse fait son apparition. Zack sent soudainement un frisson le parcourir, comme si l'engin lui rappelait les derniers événements... Il se sent soudainement fatigué. C'est alors qu'il a une idée... Avec Nathan, il s'éloigne quelque peu des autres.

Dans le vestiaire des joueurs, les exploits du capitaine sont à l'ordre du jour. Tous les joueurs des Requins passent des commentaires et discutent de la partie. Zack et Nathan sont assis côte à côte. Dans tout le brouhaha, personne ne remarque que les deux cousins échangent patins et bâton.

Les minutes s'écoulent rapidement et le moment est venu de retourner sur la patinoire pour la dernière période. Zack est le dernier à quitter le vestiaire, suivi de Mario. Le capitaine a un beau grand sourire dessiné sur le visage. Il sait que la dernière période sera enlevante, mais cette fois, ça ne dépendra pas de lui.

Troisième période

Arrivé au banc, Zack fait signe à son entraîneur. L'effort physique des dernières heures a finalement eu raison de lui ; il voudrait prendre un peu de repos. Mario acquiesce à sa demande. De toute façon, la victoire est presque acquise.

La troisième période débute un peu plus lentement que les deux précédentes. Tous les joueurs commencent à ressentir une certaine fatigue. Les Tigres ont dépensé beaucoup d'énergie à contrer les attaques de leurs adversaires. Chez les Requins, les émotions vécues depuis le matin commencent à faire sentir leurs effets. Il faut tout de même terminer ce match et tout le monde se tient prêt pour fournir un dernier effort.

Nathan, quant à lui, se sent en grande forme. Il apprécie son incroyable et unique chance de porter l'équipement spécial lors d'un match, comme Zack au cours des deux périodes précédentes. Il espère avoir l'occasion de marquer un ou deux buts. De toute façon, il sera excellent à la défense jusqu'à la fin de la partie.

En milieu de période, Nathan intercepte le tir d'un des attaquants des Tigres en direction de Joey. Il garde la rondelle et se dirige, tel un Bobby Orr, vers la zone adverse. Si Orr a inventé le concept de défenseur offensif, Nathan a bien l'intention de l'appliquer. Il fonce à toute allure vers le filet, contourne tous les joueurs qui tentent de se mettre sur sa route et déjoue le gardien d'un tir de la ligne bleue.

Sur le banc des Requins, personne ne s'explique la performance de Nathan, à part Zack, qui rit à gorge déployée. Le capitaine se retourne et regarde son père et le reste de sa famille dans les estrades. À ce moment, Marc, Éric et Jean-Roch comprennent la supercherie des garçons. Hélène et Sandra n'en reviennent pas d'avoir mis au monde des enfants si talentueux.

Nathan revient au banc. Ses coéquipiers l'accueillent en héros.

— Désormais, tous les joueurs de mon équipe auront une moustache de jus de raisin lors des tournois, lance Mario. Et moi aussi !

La période se poursuit sans qu'aucun jeu particulièrement spectaculaire se produise. Nathan préfère utiliser les pouvoirs de l'équipement à des fins défensives, ce qui empêche les Tigres de compter un but. En faire trop éveillerait les soupçons.

Le match se termine cinq à zéro pour les Requins, sous un tonnerre d'applaudissements ; les partisans des deux équipes sont épatés. Même l'entraîneur adjoint des Tigres s'empresse de féliciter Zack pour ses exploits. C'est une journée qui finit bien, tout de même !

On nomme les trois étoiles et, bien sûr, la première est décernée à Zack pour ses performances exceptionnelles pendant le match.

Chapitre 22

Tout est bien
qui fini bien !

Une journaliste de l'antenne locale d'un grand réseau de télévision, venue pour couvrir le match, est étonnée de l'absence de Carl Arsenault. Elle se renseigne donc auprès de l'entraîneur adjoint qui lui apprend l'arrestation de l'entraîneur. La jeune femme, convaincue qu'elle n'aurait qu'à transmettre les résultats du tournoi, semble très heureuse de la tournure des événements. Elle tient enfin une histoire qui fera la manchette du bulletin réseau et qui sera reprise par plusieurs autres chaînes de télé et de radio, et qui sera même publiée dans les journaux. En plus, les exploits du jeune capitaine des Requins seront diffusés à la télévision.

Mario, toujours affublé de sa moustache, accorde une courte entrevue à la journaliste. Après avoir obtenu l'accord des parents, elle en profite pour interviewer quelques joueurs des Requins, mais surtout le héros de la journée, Zack. Elle s'entretiendra plus tard avec un porte-parole de la police. Cette histoire fera sûrement les manchettes un jour ou deux !

Dans le vestiaire, les joueurs fêtent leur victoire. Zack, heureux, mais fatigué, se change en vitesse et quitte les lieux en même temps que le reste de l'équipe. Il rejoint ses parents près du casse-croûte, où ses amis se précipitent sur lui pour le féliciter. Après quelques minutes, tout le monde se sépare.

Les Laflamme s'apprêtent à partir. Tous les membres de la famille ont convenu de se retrouver chez Marc et Hélène pour fêter la victoire et le retour de Zack. Alors qu'ils s'apprêtent à partir, Zack se retourne vers son père.

— Tu m'attends deux minutes, papa, j'ai oublié quelque chose dans la chambre...

— Hors de question, fiston !

— C'est une blague. Je veux vraiment rentrer à la maison, papa.

Sur ces paroles, tout le monde quitte l'aréna et s'installe dans sa voiture. On rentre à la maison!

Enfin, toute la famille est réunie autour de la table pour souper. Jean-Roch pense soudain au bulletin de nouvelles et propose de manger en regardant la télévision. L'histoire de Zack passera peut-être aux informations... Proposition acceptée et tout le monde s'installe dans le salon.

Le grand-père ouvre la télé au moment où le bulletin de nouvelles commence. Le chef d'antenne salue ses téléspectateurs et enchaîne immédiatement avec la victoire des Requins lors du match final du tournoi pee-wee de Rocketville. Zack a une pensée pour l'entraîneur des Tigres.

Au même moment, au poste de police, Carl Arsenault pousse un grand cri de désespoir. L'entraîneur s'affaisse sur son lit, les yeux ouverts, complètement immobile, presque catatonique.

Finalement, après le repas en famille et une journée riche en émotions, on se dit au revoir et à demain. Zack reste avec ses parents et sa sœur. Dès que la porte se referme, il se jette dans les bras de sa mère et de son père.

— Je vous aime, murmure le garçon, les larmes aux yeux.

Malgré son succès lors de la partie, il reste un petit garçon de dix ans qui se sent en sécurité, blotti au creux des bras de ses parents. Il a eu peur, mais tout va bien maintenant. Il essuie une larme du revers de la main.

Zoé, qui ne comprend pas pourquoi son frère pleure après avoir marqué d'aussi beaux buts, s'approche de lui et lui donne une tape sur l'épaule. Zack se retourne vers elle.

— Pourquoi tu pleures, Zacko? Tu as gagné! Tu veux un câlin?

— Oh oui, je veux un câlin, petite coquine!

Tout le monde éclate de rire. Zoé, songeuse, se demande pourquoi les grands sont parfois si difficiles à comprendre...

TABLE DES MATIÈRES

Danielle Boulianne

Je suis originaire de Chicoutimi et je vis maintenant à Montréal. Je suis mère de deux enfants, Naomi et Zack.

J'ai commencé à écrire des poèmes pour mes parents dès que j'ai su aligner des lettres pour en faire des mots, puis des mots pour en faire des phrases. Je viens d'une famille pour qui la littérature est importante. J'ai d'ailleurs hérité de la passion de ma mère.

Je suis l'auteure de plusieurs romans pour la jeunesse, mais aujourd'hui, je vous présente le deuxième roman d'une série pour les amateurs de hockey pour les neuf ans et plus. Zack et son équipement magique vivront d'autres aventures…

Jessie Chrétien

Bonjour à vous, chers lecteurs et lectrices! Je m'appelle Jessie Chrétien et je suis l'illustratrice de ce roman. Pour vous faire une brève présentation, je suis née en 1985 dans le petit village de Gentilly et j'y ai grandi entourée d'arbres et de verdure. D'aussi loin que je me souvienne, j'ai toujours été animée d'une passion incontestable pour les arts. Créant de mes mains, principalement à l'acrylique et à l'encre, je joue avec les couleurs et les ambiances, réalisant des illustrations autant pour les petits que les grands.

Achevé d'imprimer en août 2011
sur les presses de l'imprimerie Gauvin,
Gatineau, Québec